문호 스트레이독스
다자이를 주운 날

「나?」
「이상한가?」
다자이는 미소 지었다.

「패를 천 번 젖혀
천 번 모두 예상대로였다 하더라도
천 한 번째가 예상대로란 보증은
어디에도 없지.」 하고 나는 말했다.
「그래. 나도 뼈저리게 느꼈어.」
하고 다자이는 말했다.

목 차

문호 스트레이독스

다자이를 주운 날

아사기리 카프카 지음
하루카와 산고 일러스트
문기업 옮김

표지 · 본문 일러스트
하루카와 산고

문호 스트레이독스

다자이를 주운 날

아사기리 카프카 지음
하루카와 산고 일러스트
문기업 옮김

표지 · 본문 일러스트
하루카와 산고

Side-A

현관 앞에 피투성이 청년의 시체가 널브러져 있었다.

나는 그 시체를 내려다보고, 다시 집 앞을 바라보았다.

조용한 아침이다. 맞은편 집들이 눈앞의 포장도로에 검고 긴 그림자를 드리웠다. 생울타리로 심긴 능소화가 바람에 날려 살랑살랑 인간은 이해할 수 없는 속삭임을 나눴다. 어딘가 멀찍이서 장거리 트럭이 노면을 스치며 지나가는 소리가 들렸다.

그리고 눈앞 계단 아래에 시체가 하나.

시체.

그것은 어떠한 경우라도 존재가 기묘하게 과장되어 보이는 법이다. 그러나 이번에는 달랐다. 그 시체는 풍경에 녹아들어 아침의 온화한 일상과 하나가 되었다.

잠시 뒤, 나는 그 이유를 깨달았다. 시체의 가슴이 작게 위아래로 움직이고 있었다.

시체가 아니었다. 살아 있다.

나는 청년을 관찰했다. 청년은 온몸이 새카맸다. 부스스하고 텁수룩한 검은 머리에 옷깃이 높은 검은 외투, 스리피스 정장, 검은 넥타이. 검은색이 아닌 곳은 버튼다운 셔츠와 얼굴에 두른 붕대. 그곳은 흰색과 얼룩진 빨간색으로 물들어 있었다. 그 무늬는 중국의 불길한 예언서를 떠오르게 했다.

그가 쓰러져 있는 곳은 현관과 이어진 계단의 하단이었다. 금이 간 콘크리트 계단에는 기어오르려고 했는지 핏자국이 아래로 이어져 있었다.

문제. 눈 아래에 있는 사실상의 시체를 나는 어떻게 해야 할지 답하시오.

간단하다. 내가 그에게 발끝을 대고 체중을 실으면, 그는 곧장 계단을 굴러떨어져 지면에 도달한다. 그러면 그가 소속되어 있는 공간은 나의 집이 아닌 공도로 변한다. 나라의 영지다. 나라의 영지에서 궁지에 처한 자는 모두 나라가 자비를 베풀어 구제해야 한다. 나처럼 평범한 우편배달부는 집으로 돌아가 아침을 먹어야 한다.

내가 차갑고 무자비한 인간이라서 그러는 게 아닌, 생존을 위해 필요한 일이었다. 청년의 상처는 누가 봐도 총상이었다. 온몸에 몇 군데나 총상을 입었다. 여기서 보이는 모습 이상으로 그의 몸은 구멍투성이라 봐도 과언이 아니리라. 마지막 결정타로, 그는 왼손으로 구겨지지 않은 지폐 다발을 쥐고 있었다.

이것이 무엇을 의미하는가? 아무런 의미도 없다. 그라는 존재가 상상을 초월할 만큼 성가시고, 괜히 건드리면 괜한 된서리만 맞게 된다는 예상을 제외하면 아무런 의미도 없었다.

즉, 이자는 명명백백하게 일반시민이 관여할 성질의 인간이 아니었다. 일반적인 정신을 지닌 인간이라면 이자를 보자마자 이웃한 도시로 도망가야 할 상황이었다. 성서에서 요나가 폭풍의 바다에서 거대한 물고기에 두 번째 맞닥뜨렸을 때 그러했듯이.

나는 청년을 보고, 노면을 보고, 하늘을 보고, 다시 청년을 보았다.

그리고 행동을 시작했다. 먼저 청년에게 다가가 양쪽 겨드랑이에 손을 끼우고 들어 올렸다. 그의 발뒤꿈치를 질질 끌면서 집으로 옮겨 벽에 고정된 침대에 눕혔다. 그는 겉보기보다 훨씬 가벼워 혼자서도 쉽게 옮길 수 있었다.

상처의 상태를 확인했다. 상처는 깊고 많았으며 출혈도 보통이 아니었지만 당장 적절한 치료를 하면 죽을 정도는 아닐 듯했다.

나는 옷장 안에서 구급상자를 꺼내 간단한 응급처치를 해주었다. 상반신 아래에 타월을 깔았다. 가위로 옷을 잘라 부상당한 곳을 드러낸 뒤, 총알이 남지 않았나 확인했다. 혈류를 막기 위한 지혈점——겨드랑이 아래, 팔꿈치 뒤, 복숭아뼈, 무릎 뒤——을 누르고, 청결한 천으로 강하게 묶었다. 그리고 소독한 압박 붕대로 상처를 지혈했다. 이 자에게는 다행스럽게도, 나는 이 정도의 응급처치라면 눈을 감고도 할 수 있었다.

전체적으로 처치를 마친 나는 청년을 내려다보며 팔짱을 끼었다. 청년의 호흡은 안정되어 있었다. 호흡기나 뼈도 다치지는 않은 듯했다. 그러나 눈을 뜰 낌새는 없었다. 머릿속에서 그만 됐으니 바깥에 내놓으라고 명령하는 소리가 들렸다. 이렇게 수상한 인간을 치료하다니 이보다 어리석은 일이 또 있을까. 나는 그 목소리에 따라야만 한다. 그게 현명한 인간이 할 일이다.

그 천사의 충고에 따르기 전에 나는 한 번 더 청년을 관찰했다.

청년의 얼굴은 본 적이 없다. 아무래도 지인은 아닌 모양이었다. '아무래도' 라고 말한 이유는 얼굴의 절반을 붕대가 가리고 있어서, 얼굴의 대부분을 확인할 수 없었기 때문이다. 그렇지만 처음에 생각했던 것보다는 훨씬 젊었다. 소년이라고 해도 통할 나이대일지도 모른다.

그리고 이자가 쥐고 있던 지폐 다발이 떠올랐다. 이자는 아직도 그걸 쥐고 있었다. 만약 보는 그대로의 액수라면 나처럼 몰락하여 쥐꼬리만 한 월급으로 초라하게 사는 사람에게는 큰 재산이다. 경우에 따라서는 목숨을 살려 준 대가로 이 돈을 내 품으로 슬쩍 옮겨도 문제는 없으리라 본다. 그렇게 생각하며 지폐 다발을 들고 팔락팔락 세어 보았다.

그제야 겨우 나는 내가 이 도시에서 제일 얼빠진 인간이란 사실을 깨달았다.

입안에 씁쓸한 맛이 퍼져나갔다.

그건 한 번도 사용된 적이 없는 새 지폐의 뭉치였다. 군데군데 피가 묻어 있었지만, 신권이란 증거로 띠종이가 둘러져 있었다. 띠종이에 은행 이름은 인쇄되어 있지 않았다. 아무것도 인쇄되어 있지 않았다.

그리고 지폐는 일련번호가 올림순으로 깔끔하게 배치되어 있었다.

명치를 세게 얻어맞은 듯한 기분이었다.

생각해 볼 수 있는 가능성은 두 가지. 이 지폐 다발을 시중에 나돌기 전에 조폐국이 있는 준비은행에서 빼내 왔을 가능성. 그건 이 청년이 재앙이라는 것을 의미한다. 평범한 인간은 그런 돈을 손에 쥐고 있을 가능성이 전무하다.

조폐국에서 인쇄된 지폐는 먼저 재무성으로 보내지고, 그곳에서 일련번호가 스캔되어 비로소 사용 가능한 지폐가 된다. 그리고 현금 수송 차량으로 준비은행의 지점으로 보내지면, 그곳에서 다시 세분하여 시중 은행으로 분배한다. 그 시점이 되면 띠종이를 시중 은행이 만든 띠종이로 교체한다.

그러나 이자가 든 지폐의 띠종이에는 인쇄가 되어 있지 않았다. 그 상태로 지폐 다발을 들고 옮기려면 준비은행에서 훔쳐내는 수밖에 없다. 가장 가능성이 큰 건 현금 수송 차량을 습격하는 것.

이자는 현금 수송 차량을 습격하고 돌아가는 중이었을까?

만약 그렇다면 나는 안심하고 가슴을 쓸어내리며 부엌에서 커피를 내려 돌아왔을 상황이었다. 수송 차량 강도는 폭력적인 놈들이지만, 그냥 폭력적일 뿐이었다. 폭력만으로 폭풍은 일으킬 수 없다.

또 하나의 가능성.

그것은 이게 위조지폐일 가능성이었다.

나는 방 안쪽에서 확대경을 가져와 들고 있는 지폐 다발을 자세히 관찰했다. 손끝이 얼얼할 만큼 차갑게 식었다. 내 지갑에 있던 지폐를 나란히 놓고 비교해 보았다. 전혀 차이를 구별할 수 없었다.

초정밀 위조지폐(슈퍼노트).

현기증이 났다.

이래서야 내가 쥐고 있는 이것은 소형 핵탄두만큼 위험한 물건이나 마찬가지다.

위조지폐는 화살이 사용되기 시작했던 시기만큼 오래전부터 사용되어 온 전쟁 도구다. 적국에 정교한 가짜 통화를 유통시키면 시중에 나도는 통화량이 증가해 통화의 가치가 하락, 인플레이션이 일어난다.

나라란 어떻게 보면 통화(通貨) 그 자체였다. 정교한 통화로 인해 불신을 부채질하면 경제를 파탄시켜 국가 하나를 멸망시킬 수도 있다.

그렇기에 국가의 안전 보장 기구는 항상 위조지폐를 엄밀히 감시한다.

이 정도의 정밀도를 자랑하는 위조지폐가 나돌았다고 한다면, 등장하게 될 조직은 시 경찰이 아니었다. 더 위의 조직이다. 나라의 안전 보장 기구, 또는 군대.

나는 지폐 다발을 내던지듯이 책상에 내려놓았다. 더는 지폐 다발에 지문을 묻히고 싶지 않았다. 그리고 전화기 앞으로 갔다. 바로 신고하면 당국에 정상 참작을 주장할 여지가 생길지도 모른다. 이렇게 된 이상 한시도 지체할 여유가 없었다.

수화기를 든 순간, 수화기가 아닌 곳에서 잠긴 목소리가 들려왔다.

"수화기를 내려놔라."

나는 목소리가 난 곳을 돌아보았다. 어느새 청년이 눈을 뜨고 눈만 움직여 나를 보고 있었다.

나는 수화기와 청년을 차례로 바라보았다. 그리고 말했다.

"놓지 않는다면 어쩔 셈이지?"

"죽이겠다."

그것은 반찬가게에서 팔리다 남은 반찬 팩처럼 평범하기 짝이 없는 어투였다. 적어도 이 청년에게는. 눈을 보면 알 수 있었다. 이자가 죽인다는 단어를 말했을 때, 그것은 일상적이고 평범한 단어에 지나지 않았다. 손톱을 깎는다든가, 담배를 사오겠다고 말을 하는 듯한 어투.

"어떻게?" 나는 수화기를 귀에서 뗐지만, 전화기를 원래대로 되돌리지는 않았다. 그리고 말했다. "너는 온몸이 구멍투성이에, 꼼짝도 할 수 없을 만큼 온몸이 죽어 가고 있다. 총을 소유하고 있지도 않아. 그런 상태로 나를 죽이려면 네가 200명은 필요하지 않을까?"

"그렇게까지는 필요 없어." 청년은 섬뜩한 목소리로 말했다. "나는 포트 마피아다."

그 말이면 충분했다.

'포트 마피아'. 나는 신중히 언어를 선택하며 말했다.

"그게 사실이라면 따를 수밖에 없겠군."

나는 천천히 시간을 들여 조용히 수화기를 내려놓았다.

"그래, 잘했다." 청년은 희미하게 웃었다.

만약 이자가 정말 포트 마피아라면, 나는 이자 앞에서는 수저를 올리고 내리는 동작마저도 신중하게 할 필요가 있었다. 어둠과 폭력의 대명사 포트 마피아가 상대여선, 설령 신고하여 이 자리를 모면한다고 해도 나중에 무슨 짓을 당할지 알 수 없었다. 인간에게는 약 200개의 뼈가 있는데, 그와 같은 숫자의 살덩이로 썰린다 해도 이상하지 않았다.

나는 3초 정도 상대를 바라보았다. 그리고 부엌으로 갔다. 문은 활짝 열어두어서 부엌에서도 청년의 모습은 확인할 수 있었다.

나는 부엌에서 커피 준비를 시작했다. 주전자의 물을 끓이고 커피 스틱에 물을 묻혔다. 커피 가루를 포트에 넣고 끓은 물을 부었다.

"경찰에 전화를 못 한다면, 의사한테는?" 나는 시선을 뜨거운 물에 고정한 채 물었다. "난 기껏해야 응급 처치를 했을 뿐이야. 의사에게 정식으로 진찰받지 않아선 곧 죽고 말겠지."

"네가 신경 쓸 필요는 없어." 청년은 감정을 얇게 잡아 늘인 듯한 목소리로 말했다. "이 정도는 별것 아냐. 부상에는 익숙해."

"그런가. 좋아, 네 말대로 하지." 나는 커피를 휘젓고 타이머를 세팅했다. "뭐가 됐든, 포트 마피아 같은 마물을 나 같은 일개 우편배달부가 거역할 수 있을 리 없으니까."

"고분고분해서 좋군. 그렇다면 다음은——."

거기까지 말한 청년이 기침을 하며 피를 토했다.

나는 재빨리 달려가 토혈로 인해 목이 막히지 않도록 청년의 머리를 옆으로 돌렸다.

입안을 점검했다. 어디서 출혈이 났는지 이 상태로는 판단하기 힘들었다. 입안을 베였을 뿐인지도 모르고, 내장을 다쳤을지도 모른다. 이대로는 구별할 수 없었다.

"병원에 가라. 치료를 받아. 그러다 정말 죽어." 내가 말했다.

"오히려 딱 좋군." 청년은 속삭이듯이 말했다. "이대로 죽게 내버려 둬."

서늘한 바람이 불어와 빠져나간 기분이었다.

나는 청년을 바라보았다. 청년은 방의 벽을 보고 있었다.

감정도 없고 함의도 없이, 단지 자신의 나이를 밝혔을 뿐이라는 듯한 평범한 표정이었다.

나는 내 눈을 믿을 수 없었다. 이곳에 사람이 있다는 생각조차 들지 않았다. 만약 지금이 상쾌한 이른 아침이 아니라 심야였다면, 이자를 유령이나 환각이라고 생각했겠지.

오늘은 참 좋은 날이다. 내 인생의 나사가 거의 다 풀려가는 중인지도 모른다.

"그래, 좋다." 나는 말했다.

"죽고 싶다면 죽으면 그만이지. 네 목숨이니 말리진 않으마. 하지만 여기서 죽어선 곤란해. 네가 여기서 죽으면 널 다치게 한 사람이 내가 아니라고 당국에 증언할 사람이 없어지잖나. 체포될지도 몰라."

"체포당하는 것과 나중에 마피아에 살해당하는 것, 둘 중 뭐가 더 좋지?"

나는 가만히 상대를 관찰하면서 말했다. "정말 어려운 문제로군."

그리고 부엌으로 돌아가 커피의 불을 끄고 크림 캔을 꺼내며 말했다. "커피는 마실 건가?"

대답은 없었다.

"왜 우리 집 앞에 쓰러져 있었지?"

이번에도 대답은 없었다.

"손에 든 지폐 다발은 대체 뭐야?"

역시 대답은 없었다.

왠지 바람 요정을 상대로 대화하는 기분이었다. 평온한 아침, 갑작스럽게 집을 찾아온 그림책 속의 등장인물. 단, 피투성이의 죽음을 희망하는.

컵 두 개에 커피를 따르고 크림을 넣었다. 피어오르는 김을 바라보면서 시간을 들여 잘 섞었다. 그리고 옆방에서 인기척이 사라졌음을 깨달았다. 숨소리가 들리지 않았다. 떠도는 죽음의 기척도 없었다.

나는 커피를 든 채 문으로 고개를 내밀었다.

청년은 현관 출입구를 향해 기어가는 중이었다.

다리를 움직일 수 있었다면 걸어서 갔겠지만, 그 정도까지 기력이 돌아오지는 않은 듯했다. 양팔을 바닥에 대고 포복 전진을 하듯 앞으로 나아갔다. 오래된 전쟁 영화의 포로 탈출 장면처럼.

내 시선을 눈치챈 청년이 포기한 듯한, 그러면서도 비웃는 듯한 미소를 지었다. 그리고 말했다.

"이 집에서 죽으면 곤란하잖아? 내가 집을 나가면 넌 아무 관계도 없는 사람이지. 도울 필요는 없어. 고민할 필요도 없고. 단지 거기서 지켜보면 그만이야."

나는 커피를 든 채 말했다. "그렇게까지 해서 죽고 싶은 건가?"

"당연하지. 포트 마피아에 들어가도 아무것도 없더군." 청년은 헉헉거리며 영혼이 빠져나가는 듯한 목소리로 말했다. "원하는 거라곤 이제 죽음밖에 없어."

그리고 전진을 재개했다.

나는 커피를 후루룩 마시며 그 모습을 지켜봤다. 청년의 전진은 느렸고 비참해 보였다. 커피를 한 모금 더 마셨다. 청년은 쉬지 않고 앞으로 나아갔다. 더는 나를 돌아보려고 하는 낌새조차 없었다.

해야 할 일은 하나였다.

"말려도 소용없어." 내가 움직이는 기척을 느꼈는지 청년이 앞을 바라본 채 말했다. "아무도 포트 마피아를 거스를 순 없지. 그리고 포트 마피아의 그 누구도 나에게는 거스를 수 없어. 즉, 나에게는 아무도우어어어어어어어억?!"

청년이 거꾸로 매달렸다.

나는 침대의 담요로 청년을 돌돌 말아서 들어 올렸다. 양 끝은 비틀어서 막았다. 사탕 봉지처럼. 그리고 그를 거꾸로 매달고 옮겼다.

"아야, 아야! 아파! 아프다고! 상처가 벌어지잖아! 뭐 하는 거야, 이 고집불통 자식! 죽고 싶어?!"

"살해당하고 싶진 않아. 하지만 네가 죽어도 곤란해. 이대로 밖에 나가면 넌 틀림없이 죽겠지. 건강을 되찾은 다음, 내가 등장하지 않는 죽음의 스토리를 만들어 주길 바랄 뿐이야."

청년이 더욱 불평을 늘어놓으려고 해서 나는 들고 있던 담요 덩어리를 흔들었다.

"아야야야야야야야! 그만둬! 난 아픈 건 싫단 말이야!"

"그럼 포기할 텐가?"

"안 해!"

대처법을 생각하니, 대처법이 떠올랐다. ——침대에 묶어 두자.

청년을 침대에 내리고 감쌌던 담요를 열었다. 폭이 넓은 타월을 가지고 와서 가슴 앞에서 팔짱을 끼고 있던 팔과 함께 몸을 둘러서 싸맸다. 현관을 장식하던 끈을 풀어 양다리를 묶고, 끝을 침대의 쇠장식에 연결했다. 베개를 높게 올리고, 덮는 이불을 새로 바꾸고, 신선한 공기가 닿도록 채광창을 열었다.

"당분간 상처가 아물기까지는 이러고 있어 줘야겠다." 나는 청년을 내려다보며 말했다. "뭐 원하는 건 없나?"

"코가 가려워." 자유를 잃은 양팔을 굼지럭굼지럭 움직이면서 청년이 원망스러운 눈으로 나를 바라보았다.

"가엽게도." 나는 커피를 마시기 위해 부엌으로 돌아갔다.

등 뒤에서 청년의 온갖 욕설이 날아들었다. 하지만 이 근처는 주택도 얼마 없어 이웃에게 피해가 될 일도 없다. 나는 아침의 커피를 만끽했다.

그렇게 해서 나와 다자이의 기묘하고 짧은 공동생활이 시작되었다.

다자이는 한없이 기묘한 남자였다.

그의 눈은 불타 죽은 검은 고양이를 연상케 했고, 그의 체구는 불타 죽은 검은 고양이를 연상케 했으며, 그의 기척은 불타 죽은 검은 고양이를 연상케 했다. 끝없이 정신의 나락으로 가라앉아 가는 음색, 다시는 해가 떠오르지 않는다는 확신이 깃든 듯한 어둡고 깊은 눈. 말은 적었으며, 목소리에서는 처음부터 서로 이해하길 거부한다는 거절의 울림이 느껴졌다. 아무도 그를 이해할 수 없었고, 앞으로도 이해하는 자는 나타나지 않겠지. 그는 자신도 그 사실을 아주 잘 알았다. 그런 목소리였다.

그가 죽고 싶어 하는 것은 사실인 듯했다. 생존과 관련된 온갖 가치 기준이 그의 눈에는 철을 깎고 남은 부스러기처럼 무가치하고 추하게 비치는 듯했다. 나는 그 이유까지는 알 수 없다. 틀림없이 내가 이해할 수 있는 날은 영원히 오지 않을 것이다. 그 또한 그걸 잘 아는 모양이었다.

그래서 그는 밖으로 나가고 싶어 했다. 고통스러운 부상을 떨쳐내고 그토록 바라는 ‘위대한 죽음(빅 슬립)’을 얻기 위해서는 우리 집을 떠날 수밖에 없었다. 하지만 내가 탈출을 저지하니, 그는 죽음과도 분리되고 말았다.

결국 다자이는 나라는 존재에 철저하게 불평을 하기로 결정했다.

그는 정말로 불평이 많았다. 식사, 수면, 그것을 제외한 시간의 오락. 그는 닥치는 대로 내 간병 태세를 트집 잡고, 비판하고, 마구잡이로 깎아내렸다. 그의 비판에서 벗어날 수 있는 행동은 하나도 없었다. 그야말로 폭군이었다. 내가 아홉 살 소녀처럼 훌쩍이며 운다고 해도 이상할 일이 아니었다.

그러나 사실 나는 아무렇지도 않았다. 왜인가. 다자이의 비판이 그의 목적의식에 근거해 이뤄지는 연기에 불과하다는 걸 알고 있기 때문이었다. 그는 내가 두 손 두 발 들기를 원하고 있다. 철저히 우울한 감정에 휩싸이고 지긋지긋하다는 감정을 품어, 이젠 알 바냐고 그를 현관 밖으로 내쫓는 것. 그것이 그의 승리 조건이었다.

그렇기에 무슨 말을 들어도 나는 신경 쓰지 않았다. 실제로는 나의 적절하면서도 충분한 간호를 보고 혀를 내두르고 있음에 틀림없었다.

이를테면 이런 식이다.

"이봐! 죽이 뜨겁잖아! 이런 음식은 못 먹어!"

"야! 정말 뜨겁다니까! 난 양팔이 묶여서 쓸 수가 없잖아? 어? 그렇다고 입에 억지로…… 뜨거워! 드거다고!"

"머글게, 머글 데니까! 다음 음식 가져와! 앗……! 잠깐…… 못 움직…… 끄아악, 눈에 들어갔어! 따가워! 뜨거워! 아파아아아!"

"있잖아……. 화장실을 하루에 두 번으로 제한하다니, 이거 어떻게 해줄 수 없을까? 마피아의 포로도 이거보단 조금 더 자유로운데……."

"저기, 따분하니까 해결 좀 하라고 말은 했지만 책을 읽어 주다니, 이런 나이대의 사람한테 할 짓인가? 심지어 매번 똑같은 책이야! 그것도 모자라 책의 마지막 몇 페이지가 누락돼서 결말도 모르고! 이거 고문이지? 신종 고문입니까?!"

박진감 넘치는 연기였다.

나는 상대도 하지 않고 담담하게 계속 간호했다.

그 헌신적인 태도 덕분인지, 며칠 후에 청년은 나른하고 죽은 듯한 눈이 되어서는 쉰 목소리로 말했다.

"틀렸어……. 말이 안 통해……. 이 사람은 타고났어……."

발언이 무엇을 의미하는지는 잘 모르겠지만, 그 이후로 다자이는 조금씩 내 지시를 순순히 따르게 되었다.

그 이후로 다자이는 방침을 전환했다. 간호 생활에 불평하지 않는 대신, 식사, 특히 음식 재료를 구체적으로 요구했다. 내가 항복하길 원하기에 하는 짓이겠지만 나는 인내와 일관성을 겸비한 인간이다. 또한 탈주 방지 목적으로 양팔이 꽁꽁 묶여 있는 인간에게는 그에 걸맞은 기분 전환이 필요하다는 점도 잘 아는 현실적인 인간이기도 했다. 나는 친절한 요리사가 되었다.

그의 첫 번째 요구는 복어 내장회. 진귀한 요리 재료다. 어시장에 가서 찾아봤지만 가게 주인이 "당신, 혹시 바보인가?" 하는 소리를 하기에 포기했다.

다음은 독우산광대버섯 구이. 버섯의 일종이다. 희고 아름다운 버섯이라고 한다. 이것 또한 산을 다니며 찾았지만 발견하지 못했다. 현지 사람들은 절대 먹지 않는다고 하니, 산야에 가득 남아 있을 줄 알았는데 아쉬운 일이었다. 탐색을 하고 돌아오는 길에 우연히 발견한 산채를 볶아서 내놓았더니, 다자이가 원망스러워 죽이고 싶다는 눈으로 나를 바라보며 "맛있어." 하고 말했다.

마지막은 감자싹 샐러드. 이건 음식 재료가 재료인 만큼 쉽게 구했다. 하지만 발아하길 기다릴 만큼 충분한 시간이 없어 많은 양을 얻진 못했기 때문에, 어쩔 수 없이 샐러드가 아니라 샌드위치 사이에 넣어 제공했다. 다자이는 유독 기뻐하며 먹었지만, 그날 밤에 엄청나게 구토하더니 "양이 부족했어……!"라고 외치면서 버둥거렸다. 구토를 하면서도 먹고 싶어 하다니, 어지간히도 좋아하는 음식이었나 보다. 고생이 보답을 받은 순간이었다.

또 다른 날에는 이런 항의도 받았다.

"있잖아, 너한테 치료 이외의 다른 뜻은 없다는 걸 이젠 잘 알겠지만." 다자이는 겨우 자유로워진 양팔을 퍼덕퍼덕 휘두르면서 말했다. 덧붙여 양다리는 아직도 침대에 묶여 있었다. "너무 한가해! 독서도 전화도 금지! 영상 방송도 음성 방송도 없고, 기껏해야 레코드 몇 장에 불과한 음악이 전부! 이젠 곡을 다 외워서 내일부터는 연주도 할 수 있겠어. 이런 거 말고 뭐 없어? 진정한 오락은?!"

"없다."

"곧장 그렇게 대답하다니……. 넌 평소에 이 집에서 대체 뭘 하면서 살기에……." 다자이는 겁먹은 표정으로 나를 응시했다.

"정 그렇다면 게임이라도 할까?" 나는 의자에 걸터앉았다. "마침 이곳에 이 집의 전주인이 남겨 두고 간 트럼프가 있거든."

"알아. 책장 위에 계속 놓여 있었으니까." 다자이는 의심스럽다는 눈으로 쳐다보며 말했다. "하지만 열 살짜리 어린애도 아니고, 카드 게임은 오락의 축에도 못 들어."

"그러면 뭐라도 걸고 하면 어때?" 내가 상자에서 카드를 꺼내면서 말했다.

다자이의 눈이 순간적으로 날붙이처럼 날카롭게 빛났다. "정말? 하지만 뭘 걸 만한 물건이 있긴 해? 재원이 별로 풍족해 보이지는 않는데."

실제로 내 재원은 풍족하지 않았다.

"이렇게 하면 어떨까?" 나는 선반에서 체스판을 꺼냈다. 백 16개, 흑 16개의 말을 서로의 앞에 늘어놓았다. "이게 서로의 칩이야. 이걸 판돈으로 포커를 하자. 규칙은 텍사

스 홀덤의 링 게임. 스몰 블라인드가 말 하나, 빅 블라인드가 말 두 개. 베팅에 제한은 없어. 만약 모든 말을 네가 따내면—— 넌 이 집에서 자유롭게 나갈 권리를 얻게 되지."

"호오." 다자이가 눈을 가늘게 떴다. "정말 그래도 되겠어? 대단한 자신감인데. 만약 네가 이기면? 내가 숨겨둔 재산이라도 내놓을까?"

"지금 여기에 없는 걸 걸어봐야 아무 소용도 없지. 네가 얼마나 자산을 가지고 있는지 난 확인할 방법이 없으니까."

"그렇다면 이 위조지폐——."

"그건 죽어도 필요 없어." 다자이가 들어 올린 지폐 다발을 나는 손을 밀어냈다. 역시 위조지폐였나.

"뭐가 좋을까. 그래, 16개의 말을 잃을 때마다 너는 자신의 비밀을 하나씩 폭로하기. 이건 어때?"

"비밀인가." 라고 말하곤 다자이가 엷은 웃음을 지었다. "머리 좀 썼네."

이건 나의 타산적인 제안이었다.

지금 문제가 있다면, 치료를 끝낸 다자이가 풀려난 뒤 보복을 위해 돌아올 가능성이 있다는 것이었다. 그걸 막을 방법은 없다. 포트 마피아의 보복을 막을 수 있을 만큼 높은 벽은 세상에 존재하지 않는다. 그렇다면 보험이 필요하다. 적어도 보험처럼 보이는 무언가가.

그의 정체, 비밀, 속셈을 조금이라도 알아낸다면 보복을 막는 데 보탬이 될 수 있다. 물론 지금 비밀을 듣는다 해도 나로서는 그것을 뒷받침할 수 있는 증거는 없다. 그러니까 단지 마음속 위안을 위한 행동에 불과하다. 만약 비밀을 여러 가지 캐낼 수 있게 된다면, 더욱 큰 위안을 얻게 될 수 있겠지.

"하하. 재미있는데? 넌 나한테서 비밀을 몇 개나 캐낼 셈이야?" 다자이는 일그러진 미소를 지었다. "정말 오랜만이야. 나를 상대로 정말로 이기려 드는 인간은."

"의욕이 생겨 다행이군." 나는 카드를 나눠주면서 말했다. "준비는 됐나?"

"언제든지 시작해."

헤즈 업. 프리 플롭. 내 앞에 두 장, 다자이 앞에 두 장. 뒤집힌 카드가 배분되었다. 카드의 숫자를 확인하기 전에 다자이가 말했다.

"넌 공평한 인간인 듯하군. 그러니 나도 내막을 공개하지."

"내막?"

"이 승부, 발안자는 너지만 그렇게 되도록 유도한 사람은 나야." 다자이는 깊은 고요함이 깃든 눈으로 나를 응시했다. "책장에 트럼프가 있다는 거야 이미 확인한 상태였고, 심심풀이 도구는 그 외에 따로 없어 보였어. 서로 걸 만한 판돈이 적은 몸이잖아. 언젠가는 내 자유를 걸자는 결론에 이를 거란 사실 정도야 쉽게 알 수 있지. 다른 결론이 난다면 떼를 쓰면 그만이야. 그렇게 해서 너한테 원하는 승부 내용을 끌어냈어."

"그랬던 건가." 나는 상대의 표정을 가만히 살폈다. "그렇다면 승산도 있다는 말인가."

"물론이지." 다자이는 어둠에서 희미하게 보이는 듯한 미소를 지으며 말했다. "나는 이런 승부에서 진 적이 없으니까."

그 말에서는 강한 척하는 모습이나 익살을 부리는 듯한 기색은 전혀 찾아볼 수 없었다. 진심이었다.

"그러니까." 다자이는 스몰 블라인드인 말을 하나 앞으로 밀면서 말했다. "네가 내 비밀을 듣게 될 일은 없어. 영원히."

30분 후.

"포트 마피아의 비상용 무장 보관실의 비밀번호는…… 7280285E……."

죽은 표정을 지은 다자이가 테이블에 얼굴을 옆으로 댄 채로 말했다.

"비밀이 참 많기도 하군." 내가 감탄하며 말했다.

"당연히 많을 수밖에! 나는 보스 직할 특별 임무팀의 팀장이었거든!" 다자이가 소리쳤다. "우오오오, 이거 뭐야. 개인 정보 대부분을 폭로하게 되다니! 굴욕적이야……!"

승부는 18번에 이르렀고, 전부 내가 승리했다. 사는 곳, 부하의 이능력, 마피아에 들어간 시기, 소유한 자금의 총액, 현재 조직 내의 직책, 좋아하는 음식, 비밀 금고가 있는 장소, 현재 보스가 모리라는 이름의 무면허 의사였다는 사실…….

다자이가 말한 18개의 비밀은 모두 차원을 달리해서, 그가 정말로 포트 마피아의 중요 인물이란 사실을 믿기에 충분했다. 그렇다기보다는 너무 많이 얘길 들어 문제였다.

그 요코하마에서 저승의 주인이라 할 만한 포트 마피아 보스의 이력을 이 세상에서 알고 있는 인간은 거의 없을 테지. 그걸 안 뒤로도 아직 살아 있는 사람이라면 더욱이.

다자이는 죽을상을 하고 책상에 엎드려 있다. 정말로 자신이 있었던 모양이다.

"너……. 속였구나?"

다자이가 진흙처럼 끈적한 시선으로 나를 바라보았다. 나는 고개를 갸웃했다.

"속여?"

"도중부터 눈치챘어. 이능력이야. 너는 어떤 이능력으로 게임의 전개를 미리 내다보고 있어. 나한테는 이능력이 통하지 않을 거라면서 처음에는 방심했었지. 하지만 내가 아니라 장소에 이능력을 행사했다면 그 속이 거북할 정도의 예측도 설명이 가능해."

"미안하군. 별로 숨길 생각은 없었다만." 나는 카드를 섞으면서 말했다.

내 이능력은 아주 가까운 미래의 일을 시야에 예견하는 것. 그 시간은 5초보다 길고 6초보다는 짧다. 그래서 다음 전개, 다음에 나오게 될 판돈, 다음에 올 카드의 숫자를 모두 알 수 있었다.

아주 가끔, 대금을 지불할 돈이 빠듯한 달에는 조계지에 있는 카지노에 가서 조금만 능력을 사용해 부정한 돈을 벌어 돌아온다.

"확실히 공평하진 않았군." 나는 솔직하게 인정했다. "너와 마찬가지로 나는 이런 내기에서 진 적이 없어. 이번 게임은 무효 시합이라고 하자. 처음부터 네 시간만 때울 수 있으면 그것으로 충분했거든."

"무효로 할 순 없지." 다자이가 항의하듯이 나를 쳐다봤다. "그러고 싶어도 그럴 수 없어. 돈과는 달리 정보는 반환할 수 없으니까. 아니면 뭐지? 넌 보고 들은 정보를 자신의 의지로 완벽히 잊어버릴 수 있다는 건가?"

"방법이 그것뿐이라면 노력하지."

"뭐어……?" 다자이가 피곤하다는 듯한 표정을 지으며 말했다. "네 농담은 그저 그래. 무엇보다 넌 항상 진지한 표정이라 왠지 농담처럼 들리지 않거든."

나는 고개를 갸웃했다. "딱히 농담을 한 적은 없다만."

"네네, 그러십니까." 다자이가 뾰로통해져서는 고개를 돌렸다. "아아, 참 나. 조직에 관한 정보를 그렇게 발설했으니 나중에 모리 씨한테 혼나겠어."

나는 조금 생각한 뒤에 물었다. "모리 씨? 그게 누구지?"

다자이는 경악한 표정을 지었다. "정말로 잊었다고……?"

그러다가 며칠이 지났다.

다자이의 부상은 고비를 넘겨 점차 치유되어 갔다. 그래도 상처는 아직 여열이 남아 통증이 있을 텐데, 다자이는 이상하게도 실실거렸다.

이유는 알 수 없다. 발버둥 치며 도망치고자 하는 의지는 이미 사라진 듯했다. 그래서 다리의 구속도 풀어 주었다. 현관문은 여전히 잠가 둔 상태였지만.

기분 좋은 가을의 나날이었다. 길거리의 낙엽은 예전에 나무의 높은 곳에 있었던 시절의 추억을 서로 속삭이고 있었다. 금목서 향기가 어디에선가 감돌았다. 과거의 기억을 어렴풋하게 만들어 아름다운 추억으로 바꾸는 향기였다.

나는 창가에서 부질없이 내 과거에 관해 생각했다. 커피의 물이 끓기를 기다릴 뿐 아무런 목적이 없는 시간. 시간을 사치스럽게 쓰는 방법이다.

"무슨 생각을 그렇게 하지?"

침대에 있던 다자이가 물었다.

"얼마 전이 딱 예전 일을 그만뒀을 즈음이야. 그때도 금목서가 피어 있었지."

"예전 일이라니?"

나는 부엌의 주전자를 슬쩍 보았다. 물이 끓으려면 아직 조금 더 시간이 걸릴 듯했다. 그때 나는 상당히 이상한 상태였던 거겠지. 물이 끓기 전까지 조금이라면 이야기해 줘도 괜찮다고 생각했으니까.

"대단한 일은 아니야." 나는 그렇게 말하며 다자이를 향해 걸어갔다. "거친 일이었지. 하지만 손을 씻고 나왔어."

"거친 일이었다니 어떻게 거칠었는데?"

나는 대답하지 않았다.

잠시 방에 침묵이 흘렀다. 어딘가에서 능소화 부자가 서로를 부르는 소리가 들려왔다.

"이야기하고 싶지 않은 일인가? 그럼 하지 마." 잠시 후, 다자이는 포기했다는 듯이 말했다. "상처가 다 나으면 난 떠날 거야. 우리는 단지 그뿐인 관계지."

그 말에도 나는 대답하지 않았다. 부엌에서 주전자가 흐릿한 김을 내뿜었다.

"네 말대로다. 상처가 나으면 넌 떠나지. 그리고 어딘가에서 자신의 목숨을 네가 원하는 대로 끝낼 테고. 나도 하나 추측해도 될까?"

"뭘?"

"네가 죽고 싶은 이유."

"뭐?"

확신에 가까운 말투로 내가 말했다.

"네가 죽고 싶은 이유는 네가 어리석기 때문이야."

다자이가 오싹한 눈으로 나를 쳐다봤다.

방에 침묵이 흘렀다. 다자이가 돌아보며 체중을 이동하자, 낡은 나무 바닥이 살짝 삐걱거리는 소리를 냈다. 어딘가 멀리서 산책하는 개가 가로수를 향해 짖었다.

"재미있는걸?"

잠시 후, 그렇게 말하는 다자이의 눈은 어떤 인간의 그것과도 달랐다. 그 어떤 생물과도.

그것은 상처였다. 얼굴에 생긴 한 쌍의 상처에서 검은 어둠이 들여다보였다.

"일개 우편배달부 치고는 제법 거창한 소릴 하는군. 다만, 날 어리석다고 하는 자는 지금까지도 무척 많았지. 왜 그런 소릴 했는지, 이제 와서는 알 길이 없지만. ——다 죽었으니까."

그런 말을 하는 다자이의 표정은 지하수로의 막다른 곳, 더는 그 어디에도 갈 수 없는 꽉 막힌 검은 벽처럼 보였다.

"그런가. 하지만 적어도—— 그 장소에 한 번도 가지 않고 죽는 인간은 어리석다고 말할 수밖에 없어. 그것만큼은 단언하마."

"정말인가? 그 장소라니 어디지?"

"조용한 장소다. 그렇게 멀지도 않아. 들어가기 위해 특별한 자격이 필요치도 않지만, 누구나 그 장소의 진정한 가치를 누릴 수 있다고는 할 수 없지."

"마치 수수께끼 같은데?" 다자이가 메마른 소리를 내며 웃었다. "의미심장한 비밀로 관심을 끌겠다는, 그런 작전인가?"

"너한테 작전을 써서 무슨 소용이 있겠어."

"그건 그렇지." 다자이는 그렇게 말하고는 고개를 다른 곳으로 돌렸다. "참 나, 넌 예측하기 힘든 말만 하는군."

다자이는 고개를 옆으로 돌린 채 시선만으로 나를 보고는 현관을 돌아보며 작게 웃었다. 나를 보고 웃었다기보다는 지금의 상황을 보고 웃은 듯했다.

방 안의 중력이 아주 조금이지만 원래대로 돌아간 기분이 들었다.

"좋아. 치료해 준 사례로 아주 조금만 실없는 소리에 어울려 주지. 죽음을 어리석다고 말했지? 그렇다면 질문인데, 죽음이 어리석다면 왜 사람은 반드시 죽을까?"

나는 다자이를 바라봤다.

다자이는 대답이 밝혀지길 기다리는 고문서처럼 계속 조용히 그곳에 있을 뿐이었다.

"살고자 하는 행위의 치사율은 100퍼센트야." 그 목소리에는 몇천 년을 살아온 신선처럼 목이 잠긴 듯한 울림이 있었다. "하지만 생물계 전체를 보면 죽지 않는 생물도 존재해. 수명이 없는 생물도 있지. 즉, 인간의 죽음이란 삶에 포함된 기능의 하나에 지나지 않고, 인생이란 각본에 적혀 있는 피날레 같은 약속에 지나지 않아."

나는 그 점에 관해 생각했다. "그러니 목숨을 아까워해선 안 된다는 건가?"

"그게 아니야. 더 안 좋아. ——죽음이 약속된 줄거리임에도 불구하고 모든 인간은 미리 '죽기 싫다' 라는 갈망이

입력된 상태로 살아가니까. 이것도 100퍼센트야. 따라서 결코 그 갈망은 이뤄지지 않아.”

그 말에는 몇천 번이나 반복해 대본을 읽은 듯한 공허함이 서려 있었다. 몇 번이나 통과하고 몇 번이나 탄식한 정해진 상투구(클리셰).

“이것은 욕망이라는 행위 그 자체가 단순한 툴이자, 진실에서 멀리 떨어진 편의적 가설이며, 우리는 단지 선인들이 살아왔으니 너희도 살라는 가설적 테제를 모방할 뿐인 추종자에 불과하다는 것을 의미하지. 이 어두운 정리에 어떻게 반론하겠나?”

나는 다자이를 바라봤다.

반론은 몇 가지인가가 떠올랐다. 갈망이란 달성이 어렵기에 갈망이라든가. 그러나 다자이는 아직 진의의 1만 분의 1도 밝히지 않았다. 나는 직감적으로 그 사실을 알아챘다. 설령 반론을 한다 해도, 그 반론에 대한 반론은 이미 준비되어 있다. 그것 또한 그의 마음속에서는 한계까지 반복되어 온 논의이기 때문이다. 그리고 그 반론의 반론에 대한 반론도 이미 준비되어 있다. 명계로 내려가는 무한한 계단처럼 다자이의 어두운 이성에는 밑바닥이 없다.

슬쩍 부엌을 쳐다봤다. 커피를 타려고 불에 올린 주전자가 김을 내뿜기 시작했다.

"그게 네가 죽고 싶은 이유인가?" 내가 그렇게 물었다.

다자이는 고개를 저었다. "아니. 이건 말장난에 불과해. 말로 형용할 수 없는 것도 존재하지. 말로 표현할 수 없는 사항에 관해서는."

"침묵해야만 한다, 그 말인가." 나는 다자이의 말을 잇듯이 말했다. "그 말대로야. 네 마음속 세계는 네가 아니면 이해할 수 없지. 하지만 그렇다 해도 네가 어리석다는 점은 변함이 없어. 그것만큼은 단언하지."

다자이는 "그래, 그러든가." 하고 말하며 호들갑스럽게 한숨을 내쉬고는 침대에 몸을 뉘었다. 마치 장난을 끝없이 계속 치는 아동에게 정나미가 떨어진 교사처럼. "그걸 정정하게 만들 생각은 없지만. 네가 조금 전에 말한 '그 장소'는 어디지?"

"가 보면 알아." 나는 그렇게 말하고 창문 밖을 바라보았다. 길은 밝고 조용했다.

"지금 여기서 시험 삼아 설명해 보지 그래?"

"그만두지. 이럴 때, 아니, 대부분 말은 신용할 수 없어."

"호오. 그런 소릴 한단 말이지? 소설을 좋아하면서도?"
다자이는 내 책장을 힐끔 보고 말했다.

"그래. 그러니까 곤란한 거야." 나는 솔직하게 말했다.

다자이는 잠시 나를 보고 문득 웃었다. 이전보다도 얼마간은 자연스럽게 "재미있군." 하고 다자이는 말했다. "넌 겸손해. 그런 성격은 싫어하지 않아."

부엌에서는 커피를 위해 주전자가 김을 내뿜었다.

"이 집에서 지내는 것도 난 싫지 않아. 생각보다는."

그때 현관의 문을 두드리는 소리가 들렸다.

나와 다자이는 서로 얼굴을 마주 보았다.

문 너머에서 남자 목소리가 들렸다.

"실례합니다. S카와 경찰서에서 왔습니다. 이웃집에서 피를 흘리는 남자가 쓰러져 있다는 신고가 들어왔습니다. 잠시 이야기를 듣고자 하는데 괜찮으실까요?"

채광을 위해 달아둔 문의 장식 창문으로 남자의 그림자가 보였다.

시 경찰의 순찰. 거대한 국가 권력을 행사하는 자들.

다자이와 만난 뒤로 나의 운은 계속 하락해, 드디어 땅바닥까지 뚫고 내려가기 시작한 모양이었다.

"죄송합니다. 경찰입니다. 집에 계신가요?"

사정없는 노크가 현관문을 몇 번이나 흔들었다. 문은 잠가 두었다.

어떻게 하면 될까.

다자이가 나를 보고 검지를 입술에 대며 '조용히' 라는 손짓을 했다.

없는 척하라는 말인가.

나는 겨우 돌아가기 시작한 머리로 생각했다.

없는 척을 하는 건 상관없다. 하지만 어째서? 나를 체포하러 온 사람들은 아니다. 나는 꺼림칙한 일이 하나도 없다.

대략 생각해 보았다. 예를 들어, 문을 연 경찰관이 "안녕하십니까." 라고 말했다고 하자. 문을 반쯤만 열면 다자이는 보이지 않겠지. 경찰은 피투성이가 되어 쓰러진 남자를 봤냐고 묻는다. 그때 다자이에 관해 솔직히 말해야 할까, 모르는 척해야 할까.

만약 다자이에 관해 아무 말도 하지 않으면 경찰은 그냥 떠난다. 그 자리에서는 그것으로 충분하다. 하지만 그 이후에는? 다자이가 혹시나 어떤 범죄를 저질렀다면(틀림없이 저질렀겠지), 나는 나중에 범죄은닉죄를 추궁당할 것이다. 흐름에 따라서는 방조죄로 처벌받을지도 모른다. 그랬다간 국가가 경영하는 세 끼 식사가 제공되는 숙소에서 즐거운 여생을 보내게 된다.

그렇다면 다자이가 있다고 경찰에게 솔직하게 고백할 때는 어떻게 될까.

그 경우, 거의 틀림없이 다자이는 경찰에게 끌려간다. 누가 봐도 온몸 여기저기가 수상하니까. 총상이 있는데 병원에서 치료를 받지 않은 점도 그들의 흥미를 끌기에 충분하다. 어쩌면 이미 지명수배 중인지도 모른다. 경찰이 처음부터 다자이를 체포하기 위해 이곳에 왔을 가능성도 있다.

이 경우도 내가 사후 종범이 될 가능성이 크다. 내가 '범인인 줄 모르고 치료했습니다' 라고 말해도 통하지 않을 테고, 당국이 그 이야기를 믿게 만들려면 다자이가 나와 말을 맞출 필요가 있다. 지금 이 상황에서는 그게 가능할 만큼 대화를 나눌 수도 없고, 다자이의 성격상 말을 맞춰 달라는 소릴 순순히 받아들여 줄지 어떨지는 알 수 없는 일이다.

일말의 희망을 걸고 다자이를 보았다. 다자이는 장난을

생각하는 어린이의 웃음보다 50배는 더 어둡고 농밀한 표정을 짓고 있었다. 아무래도 안 될 듯하다.

그 표정을 보고 하나 더 성가신 일이 떠올랐다. 다자이를 경찰에 알려 그를 팔아넘기면 나중에 포트 마피아의 보복을 받을 가능성이 있다. 그러면 나는 지진해일에 휩쓸려 가는 모래성처럼 이 집과 함께 삭제되고 말겠지.

결론.

없는 척할 수밖에 없다.

나는 살그머니 이동해 침대 뒤로 숨었다. 다자이의 옆이었다. 집안에는 들개가 짖는 듯 인정사정없는 노크 소리만이 이리저리 휘돌았다.

나는 할 일이 없어서 나의 숨소리를 세었다. 10번, 20번. 28번째를 셌을 때, 노크가 소리가 멈췄다.

"없나?" 하고 현관에서 남자의 낮은 목소리가 들렸다.

"그럴지도 모르겠군요." 하고 또 한 사람의 목소리가 들렸다. 이 사람은 조금 젊은 목소리였다.

이대로 조용히 있으면 경찰은 떠나가겠지. 그리고 이 세상에는 평온함이 다시 찾아온다.

그런데 그렇지가 않을 모양이었다.

다자이가 빠르게 내 어깨를 두 번 두드렸다. 표정을 보니 굳어 있었다. 그리고 문과는 다른 방향을 가리켰다.

나는 그곳을 봤다. 부엌이었다. 그제야 나는 다자이가 무슨 말을 하려고 하는지를 이해했다.

주전자가 열심히 김을 내뿜고 있었다. 커피를 타기 위해 조금 전에 불에 올려 뒀었다. 김의 기세를 보아하니, 곧 물이 펄펄 끓을 거란 사실을 예고하고 있었다.

그게 무슨 문제냐면, 내 주전자는 휘슬형으로 내압이 일정 이상이 되면 부리에 달린 구멍에서 기세 좋게 증기가 뿜어져 나온다. 그 소리의 크기는 관악기 연주자도 놀랄 정도로, 길 건너편에서도 들린다.

즉, 아무리 위장해도 경찰은 집에 누군가가 있다는 걸 알 수밖에 없다는 뜻이다.

나는 주변을 돌아보았다. 도움이 될 물건은 없었다. 여기서 부엌까지는 8미터 정도 된다. 걸어가면 나무 바닥이 삐걱거리는 소리를 낸다. 그래서는 경찰에게 들킨다.

다시 다자이를 보았다. 다자이는 잠시 생각한 후 연속되는 제스처를 선보였다.

부엌을 가리켰다. 나를 가리켰다. 손바닥을 위로 하고 눈앞에 내밀더니, 다른 손의 손가락을 아래로 내려 손바닥 위에 세웠다. 손가락을 검지와 중지만 남기고 쥐고는 남은 손가락 두 개를 천천히 앞으로 순서대로 나아가게 했다. 그리고 입술에 검지를 댔다. 마지막으로 엄지를 세우고 웃더니 고개를 끄덕였다.

나는 고개를 끄덕였다.

"무슨 의미지?" 나는 물었다.

"조용히 해!" 다자이가 작은 목소리로 속삭였다. "이해 못 했어? 살금살금 부엌까지 가서 불을 끄고 오라고 전한 거야! 난 이런 상태라 멀쩡하게 걸을 수 없으니……."

"그렇게 하지." 나는 고개를 끄덕였다. "펄펄 끓기까지 시간이 얼마 없어. 서둘러야겠군."

"이봐, 너. 정말 초조한 거 맞아?" 다자이는 의심스러운 표정으로 나를 보았다. "표정이 전혀 변하질 않으니 모르겠어……."

나는 살그머니 발을 내디뎠다.

황갈색으로 빛나는 바닥의 나무판은 날림 공사 때문에 얇아서, 조금만 체중을 실어도 틀림없이 삐걱삐걱하는 긴장된 소리를 내고 만다. 내딛는 발에는 세심한 주의를 기울일 필요가 있다.

나는 내 발끝은 부드럽게 떨어지는 천이라는 암시를 하며, 한 걸음 한 걸음 발을 내디뎠다. 여기서도 나의 이능력이 도움이 됐다. 어디에 발끝을 대면 바닥이 삐걱거리지 않을지 신중하게 검토했다.

1초가 1시간처럼 느껴졌다. 주전자는 아직 소리를 내지 않았다. 문 너머의 경찰이 어떻게 하면 좋을지 대화를 나눴다. 약 30초간 나는 부엌으로 가는 길의 절반까지 도착했다. 순조롭다.

그런데 이 세상에는 희망적 관측이란 단어가 있다. 그때 나는 사전에 등장하는 '희망적 관측' 항목이 설명하는 내용에 걸맞은 상태였다. 【희망적 관측(希望的 觀測)】—— 명사. 방금 그 오다 사쿠노스케와 같은 상태.

주전자가 울리는 미래가 보였다.

아주 높다랗게, 마치 즐거워 보이기까지 하는 듯한 소리. 즉, 나에게 사형이 선고되기까지 앞으로 5초도 남지 않았다. 마구 마음이 뛰는 상황이다.

지금 당장 펄쩍 뛰어 주전자 근처까지 가고 싶었지만 꾹 참았다.

나는 새로운 힘이 필요했다. 신중하면서도 야만적인 해도 좋을 힘이.

나는 양손의 손가락에 힘을 주어 바닥에 대고, 손과 발로 조용히 기면서 바닥을 수평으로 이동하기 시작했다. 물 위에서 소리도 없이 부유하는 한여름의 소금쟁이처럼.

등 뒤에서 다자이가 내 움직임을 봐선 도저히 참을 수 없다는 듯 풉, 하고 웃었다.

다자이는 잘못이 없다. 지금 내 동작을 만약 누군가가 촬영해 도시의 광고 신문에 실었다면, 나는 그날에 당장 다른 도시로 이사했겠지.

얼굴은 계속 앞을 노려본 채 나는 바닥에 닿을락 말락 부유했고, 몸통은 그 팔다리를 따랐다. 팔다리는 독립된 구동체가 되어 바닥을 바쁘게 뛰어다녔다.

1초, 2초. 부끄럼 없는 행군은 그 성과를 착실하게 선보였다. 곧 주전자 옆에 도착한다. 가스레인지의 밸브를 돌리기까지 닭이 우는 소리를 흉내 낼 만큼의 시간적 여유가 있을 리는 없었다.

그러나 내 예상은 또 빗나가고 말았다. 이 집에 존재하는 이물질을 잊고 있었다.

물론 다자이다. 그는 내가 지금까지 만난 그 어떤 인간보다도 종잡을 수 없는 인간이었다. 예를 들자면, 이인삼각으로 함께 목표를 향해 달리는데 어느 순간 갑자기 다자이는 반대편을 향해 달리는 그런 사람이다. 또는 생존을 위해 필사적으로 벼랑을 오르는데, 갑자기 벼랑에서 떨어져 죽고 싶다고 말을 꺼내는 사람이다. 이 세상의 이치에서 멀찍이 떨어져 있는 남자. 알기 쉽게 설명하자면 바로 트릭스터 같은 존재.

다자이가 갑자기 일어서며 말했다. "지금 총을 손에 들고 현관 밖으로 뛰쳐나가면, 깜짝 놀란 경찰에게 사살당하지 않을까?"

무심코 뒤를 돌아보았다. 나는 굉장히 얼빠진 얼굴을 하고 있겠지. 대체 오늘은 얼마나 많은 사태가 벌어져야 만족을 하려는 걸까.

"이 집에 총은 없어." 하고 나는 말했다.

"그랬어? 그럼 부엌칼로 만족하지 뭐."

다자이는 그런 소릴 하고는 스윽 내 옆을 지나갔다. 힘겹게 사족보행을 하고 있는 내 옆을.

이러한 유쾌한 개그의 흐름을 당연하지만 현관에 있던 경찰도 듣고 있었다. "이봐, 안에 누가 있어." 하는 굳은 목소리가 들렸다. "문 여세요!"

경황이 없어 상황에 대처할 수가 없었다.

다자이는 껑충 뛰면서 부엌으로 갔다. 다자이가 부엌칼을 손에 들면 상황은 완전히 반대 방향으로 내달리기 시작하고 만다. 막아야 한다. 누군가에게 울며 매달리고 싶었지만, 나 이외에 그게 가능한 사람은 없었다.

나는 팔다리를 휘저으며 뛰어올라 바로 눈앞에 있는 다자이의 다리를 후렸다. 다자이는 빙글 반쯤 회전하며 깔끔하게 넘어졌다. 눈과 코를 동그랗게 번쩍 뜬 모습으로. 나는 그 목을 붙잡고 등 뒤로 돌아 팔꿈치 안쪽으로 경동맥을 조이는 초크 슬리퍼 자세를 잡았다. 그리고 버둥대는 다자이의 몸을 양다리로 끼워 단단히 눌렀다.

바닥에서 버둥버둥 몸싸움을 벌이는 나와 다자이.

현관에서 소리치는 경찰.

머리 위에서는 드디어 삐이~ 하고 크게 울기 시작한 주전자.

난장판이다.

다자이가 바닥 위에서 왠지 즐거운 듯이 다리를 버둥거렸고, 그게 우연히 부엌의 싱크대에 멋진 일격을 날렸다. 싱크대 위의 물건이 흔들렸다. 또다시 일격. 위에서 무언가가 완벽히 어긋한 소리가 들렸다. 하지만 바닥과 한 몸이 된 나는 무엇이 어긋났는지 보이지 않았다.

그 집요한 발차기가 고의라는 사실을 깨달은 순간, 미래가 보였다. 나는 차라리 보이지 않았으면 좋았을 거라고 생각했다.

다자이가 입수하려고 했던 부엌칼이 진동을 견디지 못하고 떨어져 내리는 미래였다. 지금 나는 그걸 저지할 수단이 없었다. 다자이를 조르고 있는 팔을 놓을 수는 없기 때문이다.

떨어지는 부엌칼의 궤도를 이능력으로 예측해 아슬아슬하게 피했다. 부엌칼은 바닥의 나무판에 직접 내리꽂혀 쿠욱, 하는 시원스러운 소리를 냈다. 날카로운 절삭력. 부엌칼을 다시는 가나 봐라.

"버둥대지 마." 하고 내가 말했다. "버둥대지 말라니까. 하나도 안 무서워. 아프지도 않아."

내가 생각해도 대체 무슨 말을 하는지 알 수 없었다.

"거짓말! 모리 씨가 주사를 놓을 때랑 똑같은 대사야!"

다자이가 그런 소릴 하며 버둥댔다. 다시 말해, 나 말고도 다자이 탓에 고생하는 사람이 있다는 말인가. 모리 씨라니 대체 누구일까.

다자이가 또 싱크대를 발로 찼다. 조금 전보다 더욱 불길한 소리가 들렸다. 주전자가 옆으로 어긋난 소리였다.

이건 역시 가볍게 넘어갈 수 있는 일이 아니었다.

이건 지금껏 내가 평생 한 번도 경험해 본 적이 없는 상황이다. 머리 위에는 주전자, 얼굴 옆에는 부엌칼, 집안 어딘가에는 위조지폐, 현관에는 경찰.

그리고 나는 힘껏 만난 지 얼마 되지 않은 남자의 목을 조르고 있다. 주전자가 떨어지면 뜨거운 물이 사방팔방으로 튄다. 그 폭격 범위는 부엌칼에 비할 바가 아니었다. 뜨거운 물에 의한 열상은 발생한 피부의 그 장소를 불문하고, 면적이 일정 이상이면 죽을 위험이 있었다.

현관에서는 경찰이 문을 발로 차 부수려고 했다. 실내에서 투닥거리는 소리가 들렸기 때문이겠지. 내 팔 안에서 다자이는 "우후후, 아하하." 하고 웃고는 기절했다. 주전자는 이제 곧 떨어질 듯했다.

나는 바닥의 부엌칼을 뽑아 집어던졌다.

대각선 위로 투척된 부엌칼이 마침 낙하하던 주전자의 손잡이에 걸렸다. 부엌칼은 그대로 날아가 싱크대 다리의 목재에 꽂히며 주전자의 손잡이를 지탱했다. 뜨거운 주전자는 공중에 떠올라 있는 듯한 모습으로 정지한 채로 휘휘 흔들렸다. 주전자 부리에서 조금 뜨거운 물이 흘러나왔다. 몇 방울이 내 손등에 튀었다. 뜨거웠다.

경찰관이 안으로 들어왔다.

나와 크게 다를 바 없이, 경찰도 이런 상황은 인생에서 경험해 본 적이 없는 듯했다. 눈을 동그랗게 떴는데 그럴 수밖에. 집에 들어와 보니 바닥에서 남자가 부상당한 사람의 목을 조르고 있으니까. 청년은 기분 좋게 기절해 있었다. 부엌에 꽂힌 부엌칼이 마치 옮겨다 놓은 것처럼 주전자를 지탱하고 있었다.

침묵.

경찰은 우리를 내려다보면서도 무슨 말을 하면 될지 전혀 감이 잡히지 않는 모양이었다.

나 또한 인생 첫 체포가 이런 상황에서 이뤄질 줄은 꿈에도 생각하지 못했다. 그래서 그런지는 몰라도 그야말로 어리석은 한마디가 입에서 튀어나왔다.

“신발을 벗어라.”

경찰은 서로의 얼굴을 바라보았다. 나이가 많은 경찰관과 젊은 경찰관이었다. 규정대로 제복을 입고 규정대로 모자를 쓰고 있었다.

“아, 그, 그래.” 나이 많은 경찰관은 어중간하게 고개를 끄덕였다. “오늘은 일하면서 아주 이상한 경험을 하게 될 듯하군.”

“그 마음은 이해해.” 나는 대답했다.

이렇듯 오늘은 뭐가 뭔지 알 수 없는 상황이 잇달아 벌어졌지만, 그중에서도 특히나 가장 기묘한 사건은 아직 벌어지지 않았다. 가장 기묘한 사건은 그 이후에 벌어진 일이었다.

나는 경찰관들의 마음이 이해된다고 말했다. 하지만 그건 잘못이었다. 나는 이해하지 못했다. 그들이 생각하는 일이 무엇인지도, 앞으로 벌어지게 될 일이 무엇인지도.

경찰관 두 사람은 숨겨두고 있던 가스마스크를 꺼내 얼굴에 장착했다.

그 손에서 무언가가 떨어졌다. 나는 그것을 보았다.

가스 수류탄.

그곳에서 흰색의 혼수성 가스가 나오고서야 겨우 나는 사태를 이해했다. 경찰이 소음을 일으킨 용의자를 신문하기 위해서 가스를 뿌리다니 말도 안 되는 일이었다. 이자들은 경찰이 아니다.

미래가 보이긴 했지만, 그건 이미 상황이 걷잡을 수 없게 된 이후였다.

나는 벌떡 일어났다. 몸으로 둘을 쳐내고 탈출할 수도 있었지만 나는 그러지 않았다. 경찰이 총을 꺼내 다자이를 겨냥한 모습이 보였기 때문이다. 저항하면 쏜다. 가스마스크를 쓰고 있어 보이진 않았지만 그들의 살의는 훤히 드러나 있었다.

나는 양손을 들어 올렸다.

그리고 흐릿해져 가는 의식 속에서 생각했다.

역시 그날 아침, 현관에 쓰러져 있던 다자이를 발견했을 때, 발로 차서 계단 아래까지 떨어뜨려 버렸어야 했다. 그러나 후회란 언제나 내 인생에 따라다니는 요소였다.

새삼 후회가 하나 늘어났다고 해서 크나큰 타격은 되지 못한다.

나는 정신을 잃었다.

♠ ♥ ◆ ♣

의미 없는 영상이 떠올랐다가 사라졌다.

찻집. 푸른 비가 가게의 창문에 만드는 물방울 모양. 상(上)권과 중(中)권밖에 없는 소설.

후회. 벽의 피 모양.

——이 세계에 용서란 없다.

어린 시절의 내 목소리.

그 말대로다. 아무도 자신을 용서하지 않는다. 나도 자신을 용서하지 않는다.

소설의 하(下)권.

——소설을 쓴다는 것은 인간을 쓴다는 말과 같다.

수염 난 남자. 그 목소리에서는 진실의 울림이 느껴졌다. 또는 내가 단지 그렇게 믿고 싶어 할 뿐인가.

나는 그 질문에 대답하기 위해 긴 선로의 선상 위에 있었다.

언젠가 바다가 보이는 방에서 책상 앞에 앉아…….

눈을 떴을 때, 그곳이 어디인지 나는 곧장 알아차리지 못했다.

눈앞에는 벽이 있었다. 콘크리트가 고스란히 드러난 벽. 어둑어둑하고, 눅눅하고, 물이 떨어진 검은 자국이 소재의 색을 더럽힌 벽. 그 이외에는 아무것도 보이지 않았다. 목을 돌려봐도 그 벽 이외에는 보이지 않았다. 몸을 돌릴 수 없었다.

나는 의자에 묶여 있었다.

"시작하기 전에 전해 두고 싶은 말이 있다." 등 뒤에서 목소리가 들렸다. 들어본 적 있는 목소리다. "나는 폭력을 좋아하지 않아."

나는 그 목소리의 주인을 본 적이 있다. 내 집을 찾아왔던 나이 많은 경찰이었다.

"누군가가 폭력을 휘두르는 것도, 내가 휘두르는 것도 좋아하지 않지. 그러니 이건 어디까지나 비즈니스 행위라고 생각해다오."

바람을 가르는 소리.

그 직후, 강렬한 통증이 내 등을 에어냈다. 피부가 찢어지고 뼈가 삐걱거렸다.

무언가 단단한 물건으로 내 등을 후려친 듯했다. 경봉일까? 총목일까? 아니면 가죽 곤봉(블랙잭)?

그런데도 공격한 사람의 모습은 아직도 시야 밖에 있었다. 통증만이 신경을 지나 정수리를 뚫고 지나갔을 뿐이었다.

"이 정도면 효과가 있었겠지." 나이 많은 남자가 말했다. 부드럽고, 아동에 알려주는 듯한 울림이 있는 목소리였다. "힘은 적절히 조절했다. 인간이 어느 정도의 아픔을 허용할 수 있는가, 어느 정도를 넘어서면 참을 수 없는가, 나는 매우 잘 안다. 몇십 년이나 이걸 휘둘러 왔으니까."

"당신이 모르는 것도 있다." 내가 말했다.

남자가 1초간 침묵했다. 그리고 굳은 목소리로 말했다. "뭐라고?"

"당신은 고문하는 법을 모르는군." 하고 나는 말했다. "상대에게 고통을 주고자 한다면, 그 전에 질문을 해야지. 대답하기도 전에 고통부터 주면 뭘 어쩌자는 거지? 서로 피곤해질 뿐이잖나."

코끝만으로 웃는 듯한 기척이 났다.

그러더니 한 번 더, 이번에는 목 근처를 타격. 섬광이 온

몸을 휘돌았다. 목덜미를 통해 온몸의 신경을 빼내 버리는 듯한 통증이었다. 조금 전보다 강했다.

"젊은이, 네 말대로다. 이건 교과서대로의 신문이 아니야." 등 뒤에서 누군가가 말했다. "그러나 무슨 일이든 교과서대로 해야 할 때가 있고, 그렇지 않을 때가 있다. 나는 그런 안배에 관해서라면 잘 알고 있지. 방금 그건 너의 입술 움직임을 원활하게 만들기 위한 몸풀기에 불과해. 안심해라."

"그렇다니 마음이 놓이는군." 나는 여전히 벽을 보며 말했다. "이제 다시 본론으로 가 볼까. ――위조지폐라면 난 아무것도 몰라."

다자이가 가지고 있던 위조지폐. 모든 일의 원흉. 재앙의 사도인 다자이가 가지고 온 거대한 폭탄.

그 정도로 정밀한 위조지폐라면 그걸 둘러싼 여러 나라의 첩보 기관이 관련되어 있다 해도 이상하지 않았다.

그러나 다음 남자의 반응은 내 예상과는 달랐다.

"……위조지폐?"

그 물음표가 붙은 목소리는 힘없이 둥실둥실 떠돌더니 공중에서 터지며 사라져 버렸다.

직감했다. 이건 당혹감이 섞인 목소리다.

"위조지폐를 모르나?" 나는 물었다. "너희의 목적은 위조지폐와 다자이 아닌가?"

"그 친구의 이름은 다자이라고 하나. 그놈의 정체는 뭐지?"

포트 마피아라고 대답하려다가 나는 말을 다시 집어삼켰다. 만약 위조지폐가 목적이 아니라면 다자이의 정체에 관해서는 이야기하지 말아야 한다.

"아무래도 착각하고 있는 듯하군. 어서 정정해 줘야겠어. ——우리의 목적은 너다."

"뭐?"

"'그림'은 어디에 있지?"

남자는 딱딱한 명령조의 목소리로 물었다. 나는 조용히 그 말의 의미가 무엇인지 생각했다. 그리고 대답했다. "그림이라니, 무슨 소리지?"

"넌 그걸 알고 있다."

남자의 목소리는 단정적이면서 엄숙했다. 누군가의 등뒤를 밀어 낭떠러지 아래로 밀어 떨어뜨려는 듯한 목소리였다.

"너희는 옛날에 일을 위해 찾아간 집에서 '그림' 을 훔치지 않았나. 우리는 그걸 찾고 있다."

"대체 무슨 소릴 하는지 모르겠군." 나는 말했다. "다른 사람과 착각한 게 아닌가?"

말이 끝나기도 전에 또 일격이 날아들었다. 이번에는 어깨. 혈관이 끊어지는 감촉이 느껴졌다. 목덜미에서 손끝까지 모든 곳이 저릿거렸다.

"틀림없다. 우린 그런 실수는 하지 않아." 남자는 인내심 깊은 목소리로 말했다. 자신의 감정을 의지의 힘으로 억누르고 있는 목소리다. "너는 옛날에 어떠한 조직에 소속되어 있었다. 돈을 받는 대신 사람을 죽이는 피도 눈물도 없는 조직이지. 그곳에서 네가 어떤 직책이었는지는 모른다. 풍격이라곤 찾아볼 수 없는 우편배달부를 하고 있는 현재 상황을 본다면, 잘해야 회계 담당이거나 연락책이었겠지. 그러나 조직 그 자체는 강했다. 전설이라 해도 되지. 7년 전에 갑자기 해산되어 모습을 감추기까지 그쪽 세계에서는 공포의 대명사로 통했다. 우리는 조직을 철저히 조사해 간신히 너의 존재만을 밝혀냈다. 다른 조직원은 모두 사라져 버렸으니까. 마치 처음부터 존재하지 않았던 것처럼."

나는 말했다. “그 조직에 관해선 말하고 싶지 않아.”

“젊은이, 말해라. 곧 말할 수밖에 없게 된다. 원하든 원하지 않든 간에.” 곤봉을 가지고 노는 듯한 툭툭 소리가 등 뒤에서 들려왔다. “그 그림엔 5억의 가치가 있다. 잘하면 10억을 벌 수도 있지. 만약 필요하다면 네 몫도 챙겨주마. 어차피 넌 처분하지 못할 테니까.”

“당신은 뭔가 착각하고 있군.” 나는 조용히 말했다. “당신 말대로 그런 조직은 알아. 한때 적을 둔 적도 있지. 하지만 그림에 관해선 몰라. 아무것도.”

“네가 모르는 데서 다른 조직원이 그림을 숨겼을 가능성은?”

“물론 얼마든지 있지.”

남자는 한숨을 내쉬었다. 그 이후의 목소리를 들어보니 다섯 살은 더 늙은 듯한 상태였다. “참 나. 항상 이렇군. 우리는 배를 곯은 들개처럼 음식 냄새를 찾아 지면에 코를 대고 걷지. 겨우 도착해 보니 음식은 오래전에 트럭에 실려 다른 곳으로 간 상태다. 우리는 또 코를 실룩이며 트럭 냄새를 쫓아 황야를 걸을 수밖에 없지. 그런 일을 반복하고 있어.”

“동정심이 드는군.” 하고 나는 말했다.

실제로 그건 반쯤은 진심 어린 동정이었다. 왜냐하면 이들은 우연히 나와 함께 있었다는 이유만으로 다자이를 같이 유괴하고 말았으니까. 다자이는 통신 판매 상품의 덤처럼 취급될 인간이 아니었다. 전혀 아니었다. 그는 포트 마피아, 이건 상상에 불과하지만 매우 중요한 인물이다.

그를 유괴한 이상 이제는 모두 때늦은 일에 불과했다. 몸을 깨끗이 씻기고 옷을 수선해주고, 번쩍번쩍한 신품으로 되돌려 몸을 바짝 엎드린 채 반환한다고 해도 포트 마피아는 용서하지 않는다. 바짝 엎드리며 사과하는 놈들의 뒤통수를 전기 굴삭기로 납작하게 만들어 버리겠지.

그러니까 유괴범들의 파멸은 확정된 상태였다. 문제는 나와 다자이한테도 파멸이 확실하게 기다리고 있는가 아닌가의 문제였다.

포트 마피아에 관해 말할 수는 없다. 그것만큼은 할 수 없었다. 다자이가 포트 마피아라는 사실을 알게 되면 이자들은 문자 그대로 바짝 오그라들고 말겠지. 그리고 자신의 어리석음을 다른 어리석음으로 덧칠하려고 들 게 뻔하다. 즉, 나와 다자이를 콘크리트 아래에 묻고 발견되기 전의 짧은 시간 내에 지구 반대편으로 도망친다. 그 이외에 다른 길은 없다.

그러니까 나는 다자이의 '의문의 친구'로 남을 수밖에 없었다.

"자, 이것으로 전제가 되는 정보는 모두 소상히 밝혔다." 남자는 냉기를 띤 목소리로 말했다. "이제는 네가 아름답게 지저귀면 끝이다. 만약 그걸 위해 작은 도움이 필요하다면, 나는 분골쇄신하는 심정으로 조력을 아끼지 않으마."

남자는 기쁘다는 듯이 말했다. 곤봉으로 자신의 손을 두드리는 소리가 들렸다. 이런 흐름을 봤을 때, 분골쇄신하는 사람은 다름 아닌 나 자신이겠지.

"만약 말하지 않는다면?" 하고 나는 물었다.

"후회하겠지. 영장 청구당한 범죄자가 임동 때 다 불었으면 좋았을걸 하고 후회하는 것처럼."

나는 대답하려고 했지만 그보다도 먼저 무전기가 울렸다.

"뭐냐." 남자가 무전기를 들었다. 상대가 하는 이야기까지는 들리지 않았지만, 음색에서는 매우 절박한 낌새가 느껴졌다. "알겠다. 당장 가마. 그놈들한테는 수갑을 채워

둬라.”

무전기를 끄고 멀어져 가는 발소리. 몇 걸음 걷는 소리가 들리더니, 남자가 멀찍이서 말했다.

“잠시 생각할 시간을 주마.” 그 목소리는 그렇게 말했다. “도움은 기대하지 마라. 여기는 예전의 대전(大戰) 때 만들어진 대피용 벙커니까. 거의 아무에게도 알려져 있지 않은 곳이지. 선택할 시간이다. 부자가 될지, 시체가 되어 쥐한테 파먹힐지. 자, 모두가 행복해지기 위해 네가 올바른 판단을 내리길 기대하마.”

♠ ♥ ◆ ♣

독방에서 수갑을 찬 채로, 내가 양손의 손톱 형태를 점검하는 작업을 50번 정도 했을 무렵, 다자이가 돌아왔다.

“안녕, 오랜만이군.” 다자이는 유괴되기 전과 전혀 다름없이 명료하지 않은 미소를 지으며 말했다.

나는 다자이의 모습을 관찰하고 말했다. “너는 고문당하지 않았나?"

"고문? 아, 뭐야. 그게 고문이었나?" 다자이의 얼굴은 어딘가 상쾌한 듯 보였다. "구속당해 2인조에게 둘러싸였지만, 고문하기 전에 두 사람 다 돌아갔어. 동료한테 질질 끌려서. 내가 몇 가지 도움이 되는 이야기를 했더니, 놈들은 울면서 서로 때리지 뭐야. 죽고 싶지 않다고 하면서."

"그런가. 무슨 이야기를 했지?"

"말해도 물론 괜찮지만……. 정말 알고 싶나?" 다자이는 명계의 바다의 괴물 같은 미소를 지었다.

나는 생각해 본 뒤에 말했다. "그만두지."

이곳은 포로를 감금하기 위한 임시 옥사였다.

원래는 공중 폭격에서 몸을 지키기 위한 벙커 시설에 있는 간단한 수면실 같은 방이었던 듯했다. 호텔의 방 하나 정도의 크기로, 가장자리에는 녹이 슨 침대의 뼈대만이 고정되어 있었다. 입구의 문은 용접된 흔적이 훤히 보이는 철문으로 바뀌어 있었고, 문의 손잡이에는 보트용의 두꺼운 쇠사슬과 거대한 자물쇠가 매달려 있었다.

벽에 늘어선 고리에는 검은 전선이 몇 개나 지나가며 안쪽의 흐릿한 감옥 전등으로 이어져 있었다. 광원은 그것뿐이다. 공기 순환 설비가 없어 실내의 공기는 탁했다.

"저놈들의 정체는 뭐라고 보지?" 내가 물었다.

"범죄 조직이야." 다자이는 자신의 수갑을 잘각잘각 울리면서 태연하게 대답했다. "단, 포트 마피아 같은 대기업이 아니라, 불안정하기 짝이 없는 영세업자지. 다만 그 정체에는 조금 흥미가 있어. 《48》이라는 이름을 들은 적은?"

조금 생각해 본 뒤, 나는 고개를 저었다. "없군."

"나도 실제로 만나긴 처음이지만, 놈들은 그 어떤 범죄 조직보다도 적발하기가 어려워. 어렵다기보다는 거의 불가능하다고 해야 하나. 대숙청이 벌어져 이 요코하마가 청정한 천국이 된다 해도, 그들 《48》은 살아남아 계속 범죄를 저지르겠지. 왜냐하면 그들은—— 경찰 관계자 출신으로만 구성된 조직이니까."

나는 눈을 가늘게 떴다.

"지방 경찰서의 순경. 불명예 퇴직한 특수부대의 대원. 체포 후에 출소한 부패 경찰. 블랙리스트에 오른 공안외사과 형사. 다양한 이유로 공무원 자리에서 내려온 경찰 관계자가 재직하던 시절의 기술과 인맥, 지식을 살려 쌓아 올린 작지만 튼튼한 미궁 조직. 《48》이란 이름의 유래는 여러 설이 있지만, 가장 유력한 설은 경찰에게 체포된 이후에 검찰 송치 판단을 48시간 이내에 해야 하는 데서 왔다고 하더군."

"즉, 우리 집을 찾아온 자들은 가짜 경찰관이지만, 원래는 진짜 경찰이었다는 말인가." 나는 기억을 떠올리며 말했다. "그런데 그걸 어떻게 알았지?"

"몰랐어? 그들의 행동은 어딘가 모르게 과거의 경력이 그대로 드러났었잖아. 그리고 대화 여기저기에서 일찍이 경찰이었던 시절의 용어가 섞여 있었어."

나는 기억을 더듬었다.

듣고 보니 나를 고문한 남자는 떠나기 전에 '영장 청구당한 범죄자가 임동 때 다 토했으면 좋았을걸 하고 후회하는 것처럼' 이라고 말했다. 임동이란 '임의 동행' 의 약어이고 '불다' 는 '자백하다' 라는 경찰의 은어다. 입에 붙은 말은 좀처럼 고치기가 힘들다.

"놈들의 특기는 전직의 인맥을 이용한 협박과 압수품 횡령, 경찰 내부 정보의 누설이지. 타락한 옛날의 히어로인 셈이야. 활동 규모는 작지만 진짜로 집행 훈련을 받은 자들도 많아 얕볼 순 없지. 요코하마라는 도시에 범죄 조직은 많이 있지만, 경찰 조직한테도 범죄 조직한테도 미움을 받는 곳은 《48》 정도에 불과해."

"잘 아는군."

"그렇지도 않아. 아쉽게도 놈들의 목적이 뭔지는 모르니까." 다자이는 벽에 등을 기대고 앉으면서 말했다. "그들은 그림을 찾는다고 하던데, 뭐 짚이는 데는 없나?"

나는 다자이를 쳐다봤다. 그리고 말했다.

"없다."

다자이는 나를 봤다. 그 눈은 밑바닥이 없는 밤의 바다를 닮았다. 어둡고, 조용하고, 잔혹하고, 한없이 사람을 빨아들이며 놓지 않는다.

그 눈이 내 표정을 구석구석 살폈다. 내 세포 하나하나까지 관찰당하는 기분이었다.

얼마나 입을 다문 채 그랬을까. 갑자기 다자이는 입을 열며 진지한 말투로 말했다.

"짚이는 데가 있구나?"

나는 시선을 공중에 내던지고 이리저리 움직였다. 그리고 여기에는 없는 과거의 풍경을 바라보았다. 한없이 담배를 피우고 싶어졌다. "그래."

"왜 아무 말도 안 했지?"

"관계없으니까." 나는 그렇게 말하고, 다자이 옆에 앉았다. "놈들이 뭐라고 하든, 그 그림은 이제 다른 사람의 손에 들어가지 않아. 결코 움직일 수 없는 장소에 있으니까. 그 그림이 그 이상 어딘가로 이동하는 사태는 적어도 내가 살아 있는 동안에는 불가능한 일이지."

"어째서지?"

"내가 그렇게 결정했으니까."

다자이가 뭐라고 대답하려고 하다가 입을 닫았다. 그리고 시선을 다른 장소로 정처 없이 옮겼다. 어딘가에 있는 대답을 찾듯이.

"알았어." 다자이는 앞을 보고 말했다. "그럼 이 이야기는 여기서 끝이군. 앞으로의 일에 관해 얘기하지."

다자이가 순순히 물러났는데 나는 그게 신기했다. 그림이 어디 있는지 불게 만들면 다자이는 아무런 타격 없이 이곳에서 나갈 수 있다. 그러나 다자이의 눈은 조용했고, 그곳에는 이미 결단을 마친 인간 특유의 다정한 무관심밖에 남아 있지 않았다. 왜 그런지 이유는 알 수 없지만.

“이제부터는 어떻게 하지?”

“탈옥해야지.” 나는 단언했다. “이런 곳에 있을 이유가 없잖아.”

“그건 좋은 생각이군.” 그렇게 말한 다자이는 자신의 양손을 들어 올리며 말했다. “그런데, 어떻게?”

나와 다자이의 양손에는 수갑이 채워져 있었다. 장난감이나 모조품이 아닌 진짜 경찰이 사용하는 관급품이다. 추가로 독방의 입구는 자물쇠로 잠겨 있다.

“탈옥 방법이라면 의지할 만한 사람이 있지.” 하고 나는 말했다. “하지만 어떻게 해볼 수 없는 일도 있어. 이유다.”

“이유?”

“넌 탈옥하고 싶지 않지?”

다자이는 어리둥절한 표정으로 나를 보았다. 그리고 말했다. “날 구할 셈인가?”

“그러려고 했지만 너에게는 이유가 없어. 나를 따라 여기서 탈옥할 이유가.”

다자이는 주변을 둘러보았다. “그렇군. 여기에 있어도 자살 정도는 가능하니까. 그러니 신경 쓰지 말고 너는 혼자서 탈옥을——.”

"너는 목에 밧줄을 묶어서라도 데리고 나가마."

다자이가 멍한 표정으로 나를 바라봤다.

"자네는…… 그렇게 막무가내로 행동하는 성격이었던가?"

"내가 그러기로 결정한 일에 관해서는." 나는 그렇게 말하고, 밖의 기척에 의식을 집중했다. 문 너머에는 아무도 없는 듯했다.

"그래서? 다자이, 너는 내가 부탁하면 함께 와주겠나?"

"글쎄? 쉽게 남의 부탁을 들어주는 착한 인간은 아니라서. 다들 나에게 뭘 시킬 때면 고생하지. 넌 내놓을 조건이 있나?"

솔직히 말해 그 한마디는 의외였다. "네가 원하는 것을 내가 내놓을 수 있다고 생각하나?"

"모르겠군." 다자이는 포기한 듯이 미소를 지었다. "정말로 모르겠어. 너 같은 인간은 처음이라서. 그래서 묻는 거야."

나는 생각했다.

다자이가 무엇을 원하는지는 짚이는 데가 있었다. 그러나 그걸 내놓고 싶어도 내 수중에는 그것이 없었다.

그러나.

——원하는 거라곤 이제 죽음밖에 없어.

——왜 사람은 반드시 죽을까?

"다자이." 나는 말했다. "여기서 나가면 곧장 '그 장소'로 가자. 나가자마자. 그리 먼 장소는 아니야."

다자이가 눈을 둥그렇게 떴다. " '그 장소' 라면—— 그곳에 가지 않고 죽는다면 어리석은 일이라고 했던, 그 장소 말인가?"

"그래."

다자이는 눈을 깜빡이며 나를 봤다. 나는 똑바로 그 눈을 마주 보았다.

이유는 모르지만 아주 오래전의 기억이 떠올랐다. 소년 시절의 기억이.

"다자이—— 너는 옳았어. 죽고 싶지 않다는 생각 자체에는 선도 악도 없지. 이 세상에는 중요한 일이 넘치는 것처럼 보이지만, 사실 중요한 일은 아무것도 없기 때문이야. 삶도 죽음도, 사실은 전부 큰 의미는 없어. 이제 가게 될 장소도 분명 네 기대에 부응할 만한 곳이 아니겠지. 그곳에서는 돌멩이와 종잇조각, 그 정도의 가치밖에 발견할 수 없을 거야."

다자이는 멍하니 나를 바라보았다. 눈앞에서 벌어지는 일을 믿을 수 없다는 듯이.

나는 내 손바닥을 바라보았다. 그곳에 손가락을 대고 감촉을 확인했다. 몇 군데를 건들고 확인하며 시간을 벌다가 잠시 뒤, 마지막 말을 했다.

"하지만── 만약 아니라면?"

침묵이 흘렀다.

누군가의 마음에 이토록 접근하려고 시도해 본 적은 없었고, 시도가 성공적이었다는 실감도 없었다. 그러나 신기하게도 별로 후회되지는 않았다. 지금 여기서 말하지 않더라도, 돌고 돌아 언젠가 어딘가에서 나는 다자이에게 이런 말을 했을 거라는, 그런 예감이 들었다.

다자이는 아무 말도 하지 않았다. 그냥 한숨을 쉬고, 고민하듯 먼 곳을 바라보면서 머리 뒤로 손을 돌려 서로 깍지를 끼었다. 쇠사슬이 소리를 냈다. "나도 참, 바보 같은 소릴 하는 사람에게 붙잡히고 말았는걸?" 그리고 표정을 숨기듯이 옆을 보더니, 힐끔 곁눈질로 나를 봐라 봤다. "비밀 장소라……. 그렇게까지 해서 부탁한다면 같이 못 가 줄

것도 없지."

나는 눈썹을 들어 올렸다. "솔직하지 못하군."

"아니! 솔직하지 못하고 그런 게 아니라! 나는 별로! 기대하지 않아!"

나는 머리를 긁었다. "좋아, 이렇게 하지. 네가 여기서 죽으면 나는 무덤을 만들어 주마. 그리고 그 묘비에는 이렇게 새겨두겠어—— '오다 사쿠노스케에게 포커 게임을 한 판도 따내지 못한 남자 다자이, 여기에 잠들다.'"

다자이는 어이없다는 듯이 나를 쳐다봤다. 그리고 입을 둥글게 하고는 말했다. "그, 그건 좀 곤란한데?! 그래, 어쩔 수 없지. 탈옥하자!"

다자이는 일어서서 양손을 들어 올리고는 손가락으로 딱 소리를 냈다.

그러자 단단히 잠겨 있었을 수갑이 스르륵 마술처럼 풀리더니 땅에 떨어졌다.

"처음부터 풀어 뒀구나?"

"근처에 떨어져 있던 철사로 슬쩍."

"문의 자물쇠도 그러면 열 수 있나?"

"당연하지." 다자이가 태연한 얼굴로 말했다. 그러다가

문득 무언가가 떠오른 표정을 짓더니 나를 보았다. "혹시 탈옥 방법은 의지할 만한 사람이 있다고 했는데—— 그게 나야?"

나는 어깨를 으쓱 들어 올렸다.

"간병 생활 며칠째 되던 날에 보니, 네 다리를 구속하던 쇠사슬의 자물쇠가 슬쩍 빠져 있더군. 쇠사슬을 겹쳐서 아닌 척 해두긴 했다만."

"뭐야, 들켰었어? 시시하게." 다자이가 입술을 빼죽 내밀었다.

다자이는 내 수갑을 쥐더니, 열쇠 구멍에 철사를 꽂고 이리저리 돌렸다. 곧장 맞물려 있던 내부 장치가 풀리는 메마른 금속음이 들렸다.

수갑이 내 발밑에 떨어졌다.

"대체 얼마 만일까. 가고 싶은 장소가 생기다니." 다자이는 손목을 문지르면서 미소 지었다. "간 장소에 아무것도 없더라도 그건 그거대로 괜찮겠다는 생각이 들어. ——자, 얼른 밖으로 나가 맛있는 공기를 들이쉬자."

♠ ♥ ◆ ♣

지하 벙커는 길고 복잡하게 뒤얽혀 있어, 마치 이름도 모르는 지저 생물의 몸속 같았다.

나와 다자이는 눅눅한 벽에 손을 대고 흐릿한 빛을 의지해 앞으로 나아갔다. 가끔 검은 벌레가 손 근처에서 재빨리 도망치기도 했다. 어딘가에서 물방울이 떨어지는 소리가 들렸다.

통로 안에서는 희미한 바람이 불었다. 바람은 차갑고 습했고, 누군가의 호흡처럼 우울해지는 냄새가 났다. 나와 다자이는 그 바람이 부는 곳으로 나아갔다.

"설령 이곳을 탈출하더라도." 다자이가 내 뒤에서 걸으며 말했다. "그자들이 '그림'을 깔끔하게 포기할 리는 없어. 대책이 필요하겠지—— 매주 이사하며 살아가지 않는 한 말이야. 너는 뭔가 의견 없나?"

"특별히는. 이사할 필요도 없어." 나는 앞을 보고 걸으면서 대답했다. "지금까지도 과거의 일로 몇 번이나 습격을 받았지. 그럴 때마다 간신히 극복해 왔어. 이번에도 죽을 때까지는 살아가겠지."

"그것참 실로 현명한 삶이군." 다자이가 한숨을 내쉬었다.

다자이가 무슨 말을 하고 싶은지는 안다. 하지만 나로서는 과거가 나를 뒤쫓아 다닌다면 하고 싶은 대로 놔둬야 하지 않을까 같은, 작은 포기와 같은 감정을 품고 지냈다. 그걸 뭐라고 불러야 할까. 죄책감, 또는 속죄라고 불러야 하나? 나도 잘 모르겠다.

그러나 이번처럼 주변을 말려들게 해서는 달관한 척 지내기만 할 수는 없다. 다자이의 말대로 무언가 대책을 생각해야 할 때인지도 모른다.

"다자이, 만약 너라면 어떤 대책을——."

돌아보았다. 여기 즈음에 있으리라 예상한 지점에 다자이가 없었다.

저 멀리 뒤에. 복도의 벽에 손을 대고 웅크리고 있었다.

"미안하지만…… 역시 먼저 가줘." 다자이는 얕은 숨을 쉬면서 말했다. "나는 조금 쉰 다음 쫓아갈 테니까."

안색이 새파랬다. 손끝이 떨리고 있었다.

내가 달려서 돌아가 다자이의 옆구리를 안으며 부축해 주었다. 다자이의 몸은 얼음장처럼 차가웠다.

"무슨 일이 있었지?"

"유괴됐을 때…… 기절한 사이에 뭔가를 당했을 가능성이……."

마침 그때, 미래가 보였다.

섬광. 바람을 가르는 소리.

그리고 다자이의 가슴 부근이 부풀어 크게 터지며 늑골이 튀어나오고 가슴에서 거대한 피의 꽃이 피었다. 즉사.

총알이다.

나는 다자이의 목덜미를 붙잡고 강하게 잡아당겼다. 다자이가 앞으로 고꾸라지듯이 쓰러졌다. 방금 다자이가 있던 공간을 총알이 지나가 등 뒤의 벽에 맞으며 눅눅한 소리를 냈다.

나는 다자이를 끌고 복도를 탈출해 콘크리트 기둥 뒤에 숨었다. 인생에서 최악의 사태는 몇 번인가 벌어졌지만, 폐쇄 공간에서 총의 표적이 되다니. 이것 또한 틀림없이 그 최악 중 하나가 될 듯했다. 심지어 나는 아무런 무기도 없고, 움직이지 못하는 부상자까지 떠안고 있었다.

"너희를 너무 쉽게 봤나 보군."

방금 지나온 복도의 반대편, 죽 늘어선 기둥 공간 너머에서 낯익은 목소리가 들렸다.

경찰관 출신. 나이가 많은 백발의 남자. 그 동작에는 항상 사람을 기다리게 만드는 데 익숙한 강한 느긋함이 엿보였다. 나이를 먹은 경찰이 항상 겸비하는 그런 강력함이다.

"붕대 친구에게는 기절한 동안 피부로 침투하는 독을 발랐다. 한동안 팔다리가 저려서 자기 머리조차 긁기 어렵겠지."

나이 많은 남자는 권총을 들고 있었다. 더블액션 리볼버. 장탄수는 5발. 경찰의 제식 권총이다.

그 총을 누군가에게 겨누지도 않고 매만지면서 남자는 태연하게 말했다.

"양손을 들고 이쪽으로 와라. 아니면 네 친구를 감싸고 죽겠나? 어느 쪽이든 상관없다만."

나는 재빨리 주변을 관찰했다.

넓은 비축실이었다. 원래 피난용 물과 식량을 보관해 두기 위한 광대한 공간이었겠지만, 지금은 아무것도 비축되어 있지 않아 넓지만 텅 빈 곳이었다. 사람 혼자서는 안을 수 없을 만큼 굵은 기둥이 마치 태고의 냉혈한 병사들처럼 일정한 간격으로 늘어서 있었다. 입구는 사방의 모든 벽에 총 4개가 있었고, 그 앞의 복도는 모두 의미심장하게 어둠에 가라앉아 있었다.

무언가 도움이 될 만한 도구도, 안전하게 도망칠 수 있을 법한 탈출로도 없다.

“그렇게 돈이 필요한가.” 나는 다자이를 감싸듯 슬쩍 서는 위치를 옮기면서 물었다.

“네가 무슨 말을 하고 싶은지는 안다. 돈, 돈, 돈. 이놈이고 저놈이고 돈에 너무 집착하지. 우리도 돈이 목숨보다 소중하다고는 생각하지 않아. 너희도 그렇잖아? 그러니까 목숨을 소홀히 하지 말고 순순히 ‘그림’ 이 있는 장소를 불어라. 겨우 조직의 말단이었던 놈이 돈을 위해 목숨을 버리다니, 못 해 먹을 짓 아니냐.”

그 말이 등장 음악이라는 듯이 총을 든 남자들이 잇달아 나타났다. 4명, 8명, 12명. 양복을 입은 사람, 경비복을 입은 사람, 도시 위장 무늬 군복을 입은 사람 등, 그 모습은 다양했지만 모두 너무 지쳐 닳고 닳은 사람처럼 차가운 표정이었다.

무기는 자동권총, 소총, 산탄총. 그에 반해 나는 빈손. 어떻게 해볼 수 있는 전력의 차이가 아니었다.

심지어 자신은 부상자인 다자이도 있다. 다자이를 같이 유괴한 이유는 이런 상황을 위해서가 아닐까. 즉, 인질을 위해서였겠지.

압도적인 폭력의 차이를 배경으로 남자는 우아하고 차가운 미소를 지었다. “이미 들었겠지만 우리는 모두 전직 경찰 관계자다. 이 나라의 경찰 관계자는 모두 우수하지. 그러나 항상 그 우수함에 걸맞은 보수를 받고 있다고는 하기 힘들다. 위험이 동반되는 일임에도 전혀 어울리지 않는 박봉의 인생을 보내왔다. 그리고 국가는 그 모순을 알면서도 못 본 척해 왔다. 그렇다고 언론이나 정치인에게 불평을 해댄다고 아무것도 달라질 게 없지. 돼지 같은 민중과 똑같이 되고 싶진 않아. 그래서 우리는 행동에 나섰다. 우리의 손으로 대가를 얻기 위해서. 즉, 네가 아는 ‘그림’은 이른바 국가의 질서를 유지하는 자들에게 주는 약소한 축복이라 할 수 있지. 영광 아닌가?”

경찰관 출신의 남자는 자신의 연설에 취한 듯 양손을 활짝 벌렸다. 마치 자신이야말로 신에게 유일하게 사명을 받은 사도라는 듯이.

이유는 알 수 없지만, 나는 그 대사와 표정을 보고 그 남자를 싫어하게 됐다. 지금까지는 얻어맞든 유괴를 당하든 고문을 받든, 딱히 좋지도 싫지도 않았지만. 내가 이러다니 보기 드문 일이었다. 물론 내가 누군가를 좋아하든 싫어하든 이 세계에는 별다른 영향을 미치지는 않는다.

"이거야 원." 어이없다는 듯 한숨을 내쉬는 소리가 들려 나는 돌아보았다. 한숨을 쉰 사람은 다자이였다. "소인배의 장광설을 들으려니 고통도 이런 고통이 없군. 이런 곳에선 어서 나가고 싶어. 목이 말라."

나이 많은 남자의 눈이 위험하게 번뜩였다. "지금 어떤 상황인지 알고 있겠지?"

사람들의 모든 총구가 다자이를 겨냥했다.

"오다 사쿠노스케 군. 그 소년이 죽길 원하지 않는다면 순순히 투항해라. 너는 우리의 기나긴 이야기에 어울려 줘야 하거든."

나는 남자를 보고, 그리고 다자이를 봤다. "투항하면 다자이는 풀어 주는 건가?"

남자는 잠시 생각하더니 곧 고개를 끄덕였다. "좋다. 처음부터 그 소년은 우리에게 아무런 가치도 없었다. 우리가 필요한 것은 너의 머리와 입뿐이야."

나는 모든 사람의 얼굴을 천천히 비교해 본 뒤, 귀 뒤를 손가락으로 긁었다. 의미 없는 동작이었다. 그리고 양손을 들며 말했다. "알았다. 투항하지."

남자가 기쁜 표정을 참듯이 입술을 일그러뜨렸다.

다른 경찰관 출신이 앞으로 나와 내 양손에 수갑을 채웠다.

"이번엔 꽉 묶어라. 도망치지 못하도록."

나는 다자이를 봤다. 다자이는 불만스러운 표정으로 나를 봤지만 뭐라고 말은 하지 않았다.

"자, 오다 사쿠노스케 군. 이쪽으로 와라. 특별히 술을 준비해 주지. 이야기가 길어질 것 같군." 남자는 수갑의 쇠사슬을 손에 쥐고 나를 끌고 갔다. 그리고 다자이에게 슬쩍 시선을 보내더니, 부하에게 귀찮다는 듯이 말했다. "붕대 애송이를 처리해라."

"약속이 다르잖나." 나는 말했다.

"약속?" 남자는 뭐가 기쁜지는 몰라도 눈썹을 들어 올렸다. "아아, 그래. 난 약속을 깼다. 그렇다면 너는 어떠냐? 우리는 법의 수호자다. 너는 지금까지 법을 한 번도 어기지 않고 준수해 왔나?"

나는 과거의 자신이 했던 행동을 떠올리며 말했다. "그건 그렇군."

"지금 납득하고 있을 때가 아니야." 다자이의 단조로운 목소리가 들렸다.

"알고 있어." 하고 나는 말했다. "다자이, 나도 마찬가지야. 목이 말라. 어서 나가자."

"여기서 나간다고?" 총구가 내 머리를 향했다. "이렇게 숫자 차이가 심하고, 너희는 빈손에 다친 사람도 있다. 과거에 조직에 속했던 적이 있을 뿐인 잔챙이 말단이 어떻게 해볼 수 있는 상황이 아니라 본다만."

"하하하. '과거에 조직에 속했던 적이 있을 뿐인 잔챙이 말단' 이라고?" 기묘하게도 깊이가 없는 웃음소리가 들렸다. 나는 다자이를 돌아봤다. "거울을 보고 험담을 날리다니 별로 좋은 모습은 아니야."

모두가 곧장 다자이를 노려보았다. 다자이는 그런 시선은 개의치 않고 천천히 주변을 둘러보며 계속 말했다.

"내가 왜 저자의 집 앞에 있었는지 알려줄까? 어떤 소문을 들었기 때문이야. 그 집의 주변에는 어떤 악당도 접근

하지 않았지. 좀도둑도, 밀수품 판매원도, 그리고 마피아 마저도. 그런 자들도 그 집 주변에서는 일을 벌이지 않아. '무풍지대' 인 셈이지. 마치 무언가를 또는 누군가를 두려워하듯이."

"뭐? 무슨 소릴——."

"놈들은 우리를 살려서 돌려보낼 생각이 없나 봐. 그러니까, 뒷일은 잘 부탁할게."

그 말과 동시에 다자이는 받침대가 없는 입간판처럼 똑바로 뒤를 향해 기울었다. 그러곤 큰 소리와 함께 지면과 평행하게 누운 모습으로 쓰러졌다.

모두 놀라 다자이를 바라봤다.

완벽히 반듯하게 누운 모습. 즉, 빗나간 총알에 맞을 가능성이 가장 적은 자세였다.

그게 신호였다.

나는 수갑을 쥐고 있던 남자의 손을 맞쥐면서 강하게 잡아당겼다. 남자가 균형을 잃고 앞으로 고꾸라졌다.

동시에 나는 뛰어올랐다.

양다리 사이에 상대의 머리와 목을 끼우고 조르는, 헤드시저스 휩. 하지만 조르기만 해서는 안 된다. 나는 상하의 위치를 바꾸면서 양다리와 붙잡은 손의 두 점으로 남자를 고정하고, 곧장 자유낙하의 악몽으로 남자를 이끌었다. 나이 많은 옛날 경찰은 거의 아무것도 하지 못한 채, 단단한 콘크리트 바닥에 정통으로 충돌했다. 바닥에 머리를 강타당한 남자는 졸도하고 말았다.

"아니……?!"

주변의 경찰 출신들이 뭐라고 말을 잇지 못했다. 무슨 일이 벌어졌는지 이해하지 못했다.

그러나 세계는 개인의 이해 여부를 예의 바르게 기다려주지 않는다. 나는 낙하 직전, 양다리를 떼고 곧장 바닥을 굴렀다. 낙법을 구사하며 바닥과 거의 평행이 되었다가 몸을 일으킨 내 손에는 이미 빼앗은 권총이 있었다.

"죽여라!"

누군가가 외쳤다.

나는 맹수처럼 내달렸다.

먼저 방 안쪽의 적을 향해 권총을 두 발씩, 총 4발. 총알은 정확히 적의 양팔에 빨려 들어갔고, 총알의 운동량으로 인해 적은 몸이 뒤로 젖혀졌다.

그들이 땅에 쓰러지는 모습을 지켜보지 않고 나는 가장

가까운 적에게 돌진했다. 양복 차림의 적이 나를 향해 총구를 움직였다.

나는 저공비행을 하듯 상대의 품에 뛰어들어 총을 위로 향해 한 발. 총에 팔을 맞은 그는 몸이 뒤로 젖혀졌고, 그 기세에 자동권총이 손에서 떨어져 공중을 날았다.

내 뇌리에 순간적으로 숫자가 흘러갔다. 지금 가지고 있는 리볼버는 장전된 총알이 5발. 발포한 총알도 5발. 단, 지금 공중에 있는 자동권총은 복열식 탄창으로, 장전된 총알은 17발. 좋은 숫자다.

나는 공중에서 자동권총을 거꾸로 쥐었다. 고쳐 잡을 시간은 없다. 새끼손가락을 방아쇠에 걸고 수평으로 두 발. 손목을 돌려 또 두 발. 방의 구석에서 착탄음과 비명이 울렸다.

나는 땅을 굴렀다가 무릎을 대며 자세를 바로잡았다. 거꾸로 잡았던 권총을 공기놀이를 하듯 던져 정상적으로 고쳐 잡았다.

"아니……! 이 자식은 대체 뭐지?!" 누군가가 당황한 듯 비명을 질렀다. "그냥 말단 아니었나?!"

총알이 비처럼 쏟아졌다. 나는 바닥을 차고 옆으로 도약,

바닥에 손을 대며 반 바퀴 회전한 뒤, 호를 그리며 총알을 피했다. 그리고 마지막에는 네모난 기둥 뒤에 숨었다.

그 직후, 누군가의 기척이 느껴져 나는 재빨리 고개를 돌렸다.

기둥의 그림자를 빠져나와 어두운 위장복 차림의 남자가 나를 향해 돌진해 왔다. 스킨헤드인 검은 머리, 울퉁불퉁한 근육. 권총을 턱 바로 앞으로 간결하게 내밀고 겨드랑이를 벌린 모습으로, 총목을 오른손으로 밀며 왼손으로 방아쇠를 당기도록 총을 고정하고 있었다. 실내 접근 총격전에서는 가장 최적의 그립이었다. 나는 본능적으로 이해했다. 이자는 특수부대 출신이라고. 즉, 전투가 본직이다.

코앞에서 권총이 발사되었다. 나는 목을 젖혀 간신히 회피. 반격을 위해 나는 상대에게 권총을 겨눴지만, 옆에서 휘두르듯이 나타난 적의 손등에 의해 저지되었다.

상대의 총구가 다시 나를 향했다. 내가 쥔 권총도 옆으로 흘러갔다 다시 원래대로 돌아왔다. 한 손으로 쥔 권총이 치고받을 수 있을 만큼 가까운 거리에서 서로를 맞히기 위해 공중을 선회했다.

그다음부터는 짐승처럼 서로 총을 쏘아댔다.

총알이 내 귓가를 스쳤다. 팔꿈치로 상대의 총구를 쳐내고 동시에 총목 부분으로 상대의 머리 부분을 내리쳤다. 정통으로 맞으면 두개골이 부서지고도 남을 일격을 상대는 머리를 젖혀 피했다. 그러고는 나를 보고 히죽 웃었다.

그러나 그 회피는 내가 의도한 동작이었다. 총으로 타격하는 동작이 끝날 때, 나는 일부러 표적을 빗나가게 하며 방아쇠를 당겨 총을 쏘았다. 바로 귓가에서 작렬한 총격의 굉음에 상대가 짐승 같은 비명을 질렀다. 그에 더해 배출된 빈 탄피가 금색 호를 그리며 상대의 안구를 향해 떨어졌다. 뜨겁게 달아오른 빈 탄피가 상대의 눈을 태웠다. 치이익, 하고 살이 타는 소리가 났다.

그 틈을 나는 놓치지 않았다.

긴 다리를 접어서 상대의 넓적다리, 무릎, 발등에 하단 차기 3연발. 자세가 무너진 상대의 목덜미에 망치와 같은 오른손 훅. 목덜미에서 우직거리는 소리가 연달아 들렸다. 가볍게 뛰어 거리를 벌리며 상대의 두터운 가슴판에 혼신의 앞차기. 모든 체중을 실은 일격에 상대의 몸이 날아가 등과 기둥이 크게 충돌했다. 뒤통수를 크게 부딪친 채 다시 돌아온 적의 얼굴에서는 더는 의식의 빛을 찾아볼 수 없었다. 따라서 다음 일격도 피할 수 없었다.

내 다리가 저승사자의 낫처럼 선회했다. 한 방의 파괴력이 가장 강하다는 타격 기술, 공중 뒤돌려차기가 남자의 턱에 고스란히 적중했다.

특수부대였던 남자는 회전하면서 날아가 머리를 땅에 부딪치더니 똑바로 누운 채 기절했다. 일주일은 유동식 외에 아무것도 먹지 못하겠지.

"이럴 수가. 요시바가 당했나……?"

"둘러싸라! 포위해서 쏴라! 죽여!"

나는 이미 요시바라는 이름인 듯한 특수부대 출신한테서 권총을 빼앗은 상태였다. 크기가 다른 권총을 양손에 쥐었다.

양손에 총을 쥔 이상, 여기서부터는 투쟁할 시간이 아니었다.

이제부터는 댄스 시간이었다.

총알이 쇄도했다. 나는 일어나자마자 거의 눈을 감은 채, 양손의 총을 쏴댔다. 앞으로 2발. 양팔을 수평으로 펼쳐서 2발. 날개처럼 뒤쪽으로 들어 올리고 2발. 가슴 앞에서 팔을 교차하며 2발. 섬광이 실내를 비추었고, 그림자가 세계를 도려냈다.

그리고 마지막으로 총을 나란히 앞으로 내뻗고 2발.

금색 탄피가 바닥에 몇 개나 떨어지며 맑은 금속 타악기 같은 음색을 연주했다. 그게 마지막이라는 신호였다.

나는 총을 들고 멈춘 채 다음 움직임을 기다렸다. 누군가가 포효와 함께 무기를 들고 안으로 몰려 들어오는 순간을. 하지만 아무도 오지 않았다. 아무도 일어나지 않았고, 아무도 반격하지 않았다.

방에 있는 사람은 나뿐이었다.

모두 바닥에 쓰러져 신음을 흘렸다. 양팔, 또는 다리, 또는 어깻죽지에 총을 맞아 출혈과 통증으로 몸부림쳤다.

"어이가 없군." 정말로 어이없다는 목소리가 들려 돌아보니 다자이가 걸어오고 있었다. "아무도 안 죽었잖아. 팔다리를 맞아서 중상이지만, 모두 살아 있어. 넌 대체 어떤 마술을 쓴 거지?"

"죽지 않게 쐈다." 나는 솔직하게 대답했다.

"그런가." 다자이는 어깨를 늘어뜨리면서 말했다. "아니, 그게 아니라 대체 이렇게 한 이유가 대체…… 좋아, 이건 나중에 듣지. 참 나. 너한테는 캐물어 두고 싶은 게 무척 많아. 일단은 여기서 탈출하는 게 급선무겠군."

"다자이." 걷기 시작한 다자이의 등에 나는 말을 걸었다. "2초를 센 뒤에 왼쪽으로 한 걸음 피해라."

다자이는 뒤를 돌아 나를 보고는 잠시 정지하더니, 휘익 몸을 기울여 수평으로 왼쪽을 향해 이동했다.

다자이가 있던 공간을 총알이 빠져나갔다.

총알이 발사된 곳은 바닥이었다. 바닥에 쓰러져 있던 남자들 중 한 명이 몸을 일으켜 다자이를 쏜 것이다.

그자는 나를 고문했던 나이 많은 옛날의 경찰관이었다. 그러고 보니 나는 그자만 총으로 쏘지 않고 던지기 기술로 졸도시켰었다.

반격하고 싶지만 마침 내 총은 총알이 다 떨어졌다.

상대가 두 번째로 총을 쏘기보다도 먼저 나는 허리의 권총을 투척했다. 손목의 스냅을 이용해 내던진 권총이 수평으로 날아가 빨려들어 가듯이 남자를 직격했다. 총과 총이 격돌해 두 개가 모두 튕겨서 날아가 버렸다.

"제기랄……!" 나이 많은 남자가 손을 쥐면서 소리를 질렀다. "넌 대체 정체가 뭐냐! 넌 대체……!"

그 질문에 대답해야 할 이유는 없었다. 그 자리에 있는 그 누구에게도. 그러나 나는 조금 생각한 뒤에 입을 열었다.

"전설적인 암살자 조직. 그런 건 처음부터 존재하지 않았어."

"뭐라?"

"너는 나 이외의 조직원을 발견하지 못했다고 했지? 당연해. 네가 아는 실적을 남긴 곳은 처음부터 조직이 아니었으니까."

당혹감에 휩싸였던 남자의 얼굴이 서서히 이해와 경악으로 가득 차기 시작했다.

"너 혼자였나……?" 그렇게 말한 남자는 몸에서 힘을 뺐다. 그 표정에는 천천히 공포의 감정이 떠올랐다. "그 많은 공포와 그 많은 전설을 만들어 낸 조직이, 정부마저도 두려워 손을 대지 못했던 전설의 암살자 조직이…… 실은 너의 단독 범행이었다고……?"

나는 방 안쪽에 떨어져 있던 기관단총을 주워 남자 앞에 섰다.

그 기관단총은 1초에 10발이나 되는 총알을 발사할 수 있는, 중동에서 제조한 총이었다. 구멍을 뚫기 위해서라기보다는 몸을 도려내기 위해서 사용한다고 해야 하는, 엄청난 파괴력을 지닌 무기다.

“남길 말은 그것뿐인가.”

그렇게 말하고 나는 남자에게 총구를 겨눴다.

남자의 표정이 얼어붙었다.

나는 그가 무엇을 보고 있는지 잘 알았다. 총이 자신을 향하면 인간은 그 총구의 검은색과 빛의 반짝임 외에는 아무것도 보지 못한다.

“너는 사람을 잘못 노렸다. 이 세계에서 잘못한 자는 대가를 치러야만 하지. 네가 지금까지 죽인 수많은 인간이 치러야 했던 것과 같은 대가를.”

“자, 잠깐. 쏘지 마라!” 남자는 외쳤다. 도망치고 싶었지만 졸도한 영향으로 팔다리가 뜻대로 움직이지 않는 듯했다.

“내가 기다릴 필요가 어디 있지?”

“나는! 나는 형사로서, 20년 넘게 성실히 일했다!” 남자는 갑자기 숨을 쉬기 힘들어진 사람처럼 목이 멘 목소리로 말했다. “그런데…… 20년간 얻은 수입이라고는 지금 범죄를 저지르며 얻은 돈의 반년치에도 미치지 못했다. 왜 그런 일이 벌어지는 거지? 왜 정의는 보답받지 못하나? 나는 물론 범죄자일지도 모른다. 그러나 진정한 악은 정의를 실행해도 보답받지 못하는 시스템을 만든 이 나라의 위정자들이 아닌가!"

그 말에서는 정말로 그렇다고 믿는 사람의 애절함이 들어차 있었다. 인간이 낼 수 있는 목소리 중에서 가장 설득력이 강한 울림이 있는 목소리다.

하지만 그 애절함이 전혀 통하지 않는 인간도 있었다.

"아하하하." 메마르고 무미건조한 웃음. 다자이다. "참, 깜짝 놀랄 만큼 예상의 범위를 벗어나지 않는 남자구나, 너는. 마지막 일장 연설마저 예상대로라니."

다자이는 상대를 내려다보았다. 강변의 돌멩이를 볼 때도 인간이라면 조금 더 관심이 있는 표정을 짓지 않았을까.

"예상을 뛰어넘지 못하는 인간을 보면 화가 나더군. 자, 이런 자는 어서 쏴 버려. 오다…… 음, 그러고 보니 넌 이름을 뭐라고 부르면 되지?"

다자이는 나를 보고 말했다. 그러고 보니 다자이는 나를 한 번도 이름으로 부른 적이 없었다.

"마음대로 불러라."

그렇게 말하고 나는 당연하다는 듯이 총을 쏘았다.

착암기가 바위를 부수는 듯한 소리를 내며 기관단총이 총알을 내뿜었다. 인간을 손쉽게 다짐육으로 만들어 버리는 9밀리미터의 저승사자가 무더기로 남자를 향해 쇄도했다.

총알이 박힌 장소의 바닥이 파열되며 파편을 사방으로 흩날렸다. 남자는 소리 없는 비명을 지르며, 두세 번 경련하더니 힘을 잃었다.

"와우. 정말로 안 죽이는군." 상처 하나 없이 기절한 남자를 내려다보면서 다자이는 가벼운 목소리로 말했다. "이자에 비하면 넌 정말 재미있어. 이자는 살아 있는 한 널 뒤쫓겠지. 그렇다면 죽여야 올바른 일 아닌가?"

"그래, 그렇군." 나는 그 말에 동의했다. 그리고 총을 버리고 당연하다는 듯이 앞으로 걷기 시작했다. "가자."

잠시 시간차는 있었지만, 다자이가 내 뒤에서 걸어오는 소리가 들렸다.

다자이의 지적은 옳다. 분명 난 어리석은 짓을 했다고 할 수 있다.

그러나 그건 지금 처음 알게 된 사실이 아니다.

♠♥◆♣

어떤 왕이든 영원히 세상에 군림할 수는 없다.

우리가 밖으로 나온 시간은 이 세상의 정점인 태양이 가라앉아 그 빛을 잃어가기 시작한 저녁쯤이었다.

하늘은 보라색 국물을 흘린 듯한 색으로 물들었고, 따뜻한 오렌지색은 멀리 후퇴하고 있었다. 성미가 급한 별이 은색의 반짝임으로 하늘을 수놓고, 할퀸 상처 같은 달이 낮은 하늘에 떠올라 있었다.

우리는 거리를 걸었다. 빌딩 틈새에서는 뜨뜻미지근하고 반복돼 사용된 공기가 천천히 흘렀다. 길을 지나가는 품위 있는 사람들은 모두 우리와 스쳐 지나갈 때, 머뭇거리며 돌아보며 우리의 모습을 확인했다. 그럴 수밖에. 우리는 상처투성이에 지하실의 진흙투성이로, 그것도 모자라 짚 같은 뭔가가 온몸에 덕지덕지 붙어 있었으니까. 기나긴 하루를 보낸 우리에게는 통행인의 시선에 관심을 둘 만한 여유가 남아 있지 않았다.

"지쳤어." 하고 나는 말했다.

"그래, 지쳤어." 하고 다자이가 말했다. "이제 어디로 가려고?"

"그 장소에."

나는 그렇게 말하고는 품에서 담뱃갑을 꺼냈다. 최근에는 한동안 피우지 않은 담배지만 오늘은 너무나도 많은 일이 벌어지고 말았다.

불을 붙이려는데 문득 다자이가 옆에 있다는 사실이 떠올랐다. 다자이는 미성년자다. 나는 생각을 고쳐먹고 담배를 다시 되돌렸다.

"그러지 말고 그냥 피우면 되는데." 하고 다자이는 말했다.

나는 입술에 담배를 물고 몇 초간 생각했다. 담배가 흔들리듯이 사고가 흔들렸다. 그러나 결국 다자이의 말대로 하기로 했다.

연기를 빨아들이고 내뱉었다. 담배의 끝에서 피어오르는 연기가 땅거미가 지는 하늘에 걸려 흔들렸다.

나는 큰길을 지나 좁은 골목길로 발을 들였다. 다자이가 그 뒤를 따라왔다.

그곳은 석양도 닿지 않아, 다른 곳보다 빠르게 밤의 기운

이 깔려 있었다. 그 골목을 하얀빛이 차단하고 있었다. 가게의 간판이었다. 나는 그곳에 멈춰 눈앞의 문을 열었다.

"여긴가?"

다자이가 물었다. 나는 아무 말 없이 걸음을 재촉했다.

가게 안은 고요했다. 비밀 통로가 연상되는 좁고 경사가 급한 계단을 내려가자 먼저 음악이 들려왔다. 녹슨 음색의 재즈 넘버. 무척 오래된 곡으로, 가족이 떠나가는 슬픔에 관한 곡이었다. 그 곡 덕분에 계단을 하나씩 내려갈 때마다 과거를 거슬러 올라가는 듯한 감각이 밀려왔다. 어쩌면 정말로 이 가게는 바깥 세계와 비교하면 살짝 과거에 존재하고 있는지도 모른다.

가게 문을 막 연 참인지 가게에는 손님이 아무도 없었다.

어스레한 조명 빛을 받아 가게 안은 전체가 황갈색 해저에 잠겨 있는 듯한 분위기였다. 카운터 너머에서 술잔을 닦던 바텐더가 눈만 움직여 나를 보더니 눈으로만 인사했다.

"혹시 여기가 '죽기 전에 가 봐야 하는 장소'?" 다자이는 맥빠진 목소리로 말했다. "그냥 바일 뿐이잖아. 좋은 가게 같긴 하지만……."

"그래. 전혀 특별할 것 없는 그냥 바다." 나는 순순히 인정했다. "비밀이고 뭐고도 없지. ——넌 속아 넘어간 거야."

다자이는 마음이 어디론가 날아가 버린 듯한 무표정한 얼굴로 그 자리에 멍하니 서 있었다.

한참 시간이 지난 뒤, 다자이는 입을 둥그렇게 열고는 얼빠진 목소리로 말했다.

"……뭐어?"

"생각해 봐라. 포트 마피아의 거물마저 모르는 새로운 사실을 나 같은 피라미가 알고 있을 리 없잖아? 그리고 너는 목이 마르다며? 바텐더, 항상 마시던 그걸 주게."

나는 바의 스툴 하나에 걸터앉았다. 바텐더가 조용히 증류주를 내 앞에 내려놓았다.

술잔 안의 액체가 조명을 반사해 매끈하게 반짝였다. 얼음이 무언가의 신호처럼 달그락하고 소리를 냈다.

"앉지?"

나는 다자이를 보고 말했다.

다자이는 불만스럽다는 표정을 지으며 잠시 가게 안에 서 있었지만, 자리와 바텐더와 내 얼굴을 보더니 천천히 의자에 엉덩이를 올렸다.

다자이가 주문해 그 앞에도 잔이 놓였다.

그리고 잠시 아무도 말을 하지 않았다.

"뭐라고 하면 될까, 요컨대." 다자이는 자신의 술잔을 바라보며 말했다. "네가 거짓말을 한 이유는, 혹시…… 죽고 싶어 하는 나를 만류하기 위해서였나?"

"아니. 나는 그렇게 기특한 인간이 못 돼." 그 말을 하고 나는 잔을 기울인 다음, 또 카운터에 내려놓았다. "나보다 어린 인간이 인생을 다 알고 있다는 것처럼 말하니 조금 놀렸을 뿐, 단지 그뿐이야."

나의 그 말은, 정말로 그런 듯도 했고 어물쩍 넘어가기 위한 말 같기도 했다. 자신의 마음이란 남의 마음만큼이나 잘 알 수 없는 법이었다.

다자이는 잠시 말의 이면을 살펴보려는 듯이 나를 응시했지만, 이윽고 포기했는지 고개를 저었다. "별로 믿기는 힘들지만, 그렇다고 해두지."

"너무 슬퍼할 필요는 없어. 세상에는 진정으로 믿을 수 있는 것도 있으니까. 그것도 두 가지나." 나는 옷 안쪽에서 트럼프 뭉치를 꺼냈다. "하나, 너는 아직 포커로 나에게 이기지 못했다는 것. 둘, 죽은 인간은 살아 있는 인간과 포커를 할 기회를 영영 잃는다는 것."

다자이는 잠시 나를 노려보았지만, 이윽고 살짝 뺨을 누그러뜨리며 웃었다. "그 여유, 바로 지워 없애주겠어."

그 이후로 우리는 잔을 기울이고 포커를 하며 이런저런 잡담을 나누었다.

지금 하는 일. 마음에 드는 가게. 취미 이야기. 요즘 출판된 책 이야기.

달그락거리며 울리는 유리잔의 소리가 있었고, 비밀 이야기를 하기 위해 불쑥 내민 몸이 있었다.

대화는 끊기는 법이 없었다. 예를 들면 이런 식으로.

"그런데 너 같은 실력자가 왜 우편배달부처럼 안전하면서도 따분한 일을 하고 있지?"

"그것 말고 특별히 할 일도 없으니까. 이 일을 시작한 지는 4년이 되는군. 물론 따분한 일이지만, 다른 우편배달부는 대체로 한두 달이면 퇴직하거나 순직하니, 일손이 부족해 그만둘 수가 없어."

"뭐……?" 다자이가 눈을 둥그렇게 떴다. "지금 순직이라고 했나?"

"지난주에 집하장이 폭발하는 사고가 발생했지." 나는 잔을 기울이며 말했다. "짐 안에 우리 회사를 노린 폭탄이 섞여 있었거든. 폭발 직전, 내가 그 녀석을 밖으로 내던졌어. 1초만 늦었어도 짐이 전부 날아갈 뻔했지. 종업원까지."

"아니……? 그게 뭐야?!" 다자이의 목소리에는 놀라움과 당혹스러움이 섞여 있었다. "우편배달부는 전쟁터에서 개업하는 직업이었나?"

"조금 비슷할지도 몰라. 우리는 요코하마의 위험 지대에서 위험한 짐을 전문으로 옮기는 우송업자니까. 요코하마 조계지, 해적 출몰 해역, 군사 연구 시설의 특별 경계 구역 등 다양한 사정으로 인해 일반적인 우송 회사가 들어갈 수 없는 장소에 기한 내에 짐을 배달해야 하지. 산업 스파이의 습격을 피하면서 의뢰인에게 개발 부품을 전해주는 일도 했고, 유괴된 부호에게 진짜 총을 배송하는 일을 하기도 했어. 상사가 굉장한 실력자라 그 사람과 둘이서 대부분의 짐을 배송하지. 하지만 위험은 크지만 실수입은 적더군. 월급도 벌써 4개월이나 밀렸어."

"잠깐잠깐, 잠깐만. 그 이야기 말인데, 왜 내가 다쳐서 누워 있는 동안, 그 한가한 시간 동안에 안 해줬어?"

다자이의 표정이 바뀌었다. 어린이가 화를 낼 때의 표정이다.

"미안하군."

"지금 누가 사과하래?! 바텐더, 한 잔 더!" 다자이는 잔을 카운터에 세게 내려놓았다. "기왕 이렇게 됐으니 철저하게 네 이야기를 듣겠어. 그 일을 하면서 지금까지 배달한 짐을 전부! 다 알려주기까지 이 가게에서 못 나갈 줄 알아! 일단 유괴된 부호에게 진짜 총을 가지고 갔다는 이야기부터!"

"어쩔 수 없군."

나는 잔 안의 술을 단숨에 들이켰다. 그렇게 목을 축이고 그건 분명히, 하고 이야기를 시작했다.

그게 밤의 신호가 되었다.

음악은 흐르고, 시간도 흐르고, 잔의 액체가 목으로 흘러들어갔다. 우리의 말도 은밀히 나타나 어디론가 흘러가 사라졌다.

"아하하하! 유괴된 부호가 둘이 있었다고?! 그게 뭐야! 누가 진짜였는데?!"

음악이 흐르고 시간이 흘렀다. 밤은 깊었고, 손님은 흰 파도처럼 나타났다가는 떠나갔다.

"다자이, 그게 정말이야? 마피아를 대적하던 그 남자가 괴수가 됐다고? 입에서 파괴 광선을 내뿜고 요코하마를 파괴하려고 했어? 그 이야기, 어디서부터가 거짓말이지?"

해야 할 말이 고갈되는 일은 없었다. 그것은 목구멍 안쪽 어딘가 깊은 장소에서 계속 자신의 차례를 기다리며 계속 축적되는 것처럼 술술 입 밖으로 튀어나왔다.

서로가 이야기하고, 서로가 듣고, 서로가 나누었다. 포커의 카드가 배분되고 몇 번인가 승부가 났지만, 두 사람 모두 포커에는 거의 관심을 기울이지 않았다.

나는 처음 그와 만났던 때를 떠올렸다. 집 앞에 굴러다녔던 피투성이 다자이를. 그건 불과 며칠 전의 일이었다. 꽤 멀찍이 지나가 버린 며칠 전을 떠올렸다. 만약 그때 내가 다자이를 내버려 두고 문을 닫았다면, 우리는 과연 어떻게 되었을까.

"좋아, 결정했어. 오다 사쿠야." 어느 순간, 다자이가 결심했다는 듯이 몸을 앞으로 내밀며 말했다. "오다라고 짧게 부르면 넌 너무 이상해지고, 오다 사쿠노스케라고 부르면 너무 길잖아. 넌 오다 사쿠야. 앞으로는 누가 이름을 물으면 그렇게 대답하도록."

"오다 사쿠? 이상한 호칭인데. 마치 농민 같아. 나한테 명칭 변경권은 없나?"

"없어!"

"없는 건가……."

나는 술을 한 모금 마시고 말했다.

"없다면 어쩔 수 없지."

다자이는 게 통조림을 주문했다. 나는 김렛을 주문했다. 잠시간은 아무것도 주문하지 않았지만, 문득 뭔가 주문하고 싶어졌기 때문이다.

그리고 우리는 또 수없이 많은 이야기를 했다.

절대 흔들어선 안 되는 짐을 열어 보니, 딸랑이를 들고 있는 젖먹이였던 이야기.

밀수 보석 판매망을 입수하기 위해 중동의 부호와 목숨을 걸고 '참참참' 대결을 했을 때의 이야기.

배송품인 한 잔의 우유를 지키기 위해 종교 무장 조직의 병사 500명한테서 마구 도망쳤을 때의 이야기.

중력술사인 파트너 소년과 만났을 때의 이야기.

말은 이윽고 연결성을 잃고 따로 노는 말의 집합체가 되어 우리 사이를 떠돌게 되었다. 음악이 때때로 음표의 연결이 아니라 음표 그 자체가 의미를 가진 것처럼 행동하듯이, 우리의 수다는 목의 진동 그 자체가 의미를 가지기 시작해——시적인 표현을 쓰면——우리를 악기로, 말소리를 내는 악기로 바꾸어 나갔다.

"와아, 이렇게 많이 말하기는 정말 오랜만이야." 다자이는 한바탕 말한 후 지쳤다는 듯이 몸에서 힘을 빼며 말했다.

"그거 다행이군." 나는 그렇게 말하고, 벌써 몇 번째일지 모를 포커 카드 배분을 시작했다. "하지만 너무 오래 있었어. 슬슬 가게가 닫을 시간이다. 너는 이제 너희 집으로 돌아가지?"

다자이의 부상은 이미 고비를 넘었다. 이제는 내버려 둬도 자연적으로 치유되겠지. 내 역할은 끝났다. 우리의 관계도.

다자이는 고개를 끄덕이고 카드를 받아들었다. 그리고 아무렇지도 않은 말투로 그 말을 꺼냈다.

"다음엔 언제 모일까?"

나는 동작을 멈추고 다자이를 응시했다.

그게 평범한 질문이 아니라는 것쯤은 다자이도 알고 있을 텐데. 그것은 내가 지금까지 들었던 그 어떤 말보다도 특별한, 이른바 마법의 말이었다. 죽고 싶어 했던 다자이가 꺼낸 '다음' 이란 말은.

그러나 다자이는 경쾌하게 다른 뜻은 없다는 듯한 미소를 지은 채, 내 반응을 기다리고 있었다. 단지 숨을 들이쉬고 내뱉었을 뿐이라고 말하듯이.

"글쎄." 나는 내가 뭐라고 해야 할지를 생각하며 시선을 이리저리 옮겼다. "모르겠어. 너도 바쁜 몸이잖아? 하지만 그게 필요하다고 한다면——."

"하하하, 재미있군. 넌 그런 표정으로 놀라는구나. 자, 쇼다운."

그러면서 트럼프 카드를 모두 앞면으로 돌렸다.

"킹의 포카드. 내 승리야!"

나는 내 패와 다자이의 패를 비교해 보았다. 정말로 다자이의 승리였다.

"지금까지의 승부는 네 이능력이 어떤 사양인지를 파악하기 위한 거였어." 다자이는 기쁘게 웃었다. "네가 미래를 읽을 수 있는 시간은 대략 5초에서 6초. 그래서 마지막 베팅부터는 7초 이상을 들여 패를 오픈했고, 그와 동시에 손에 들고 있는 패를 바꾸면, 너는 그 미래를 볼 수가 없게 돼."

다자이는 손에 든 패인 클럽 킹을 들어 올려 보여 주었다. 손을 가볍게 휙 뒤집자 패는 하트8로 바뀌어 있었다. 한 번 더 손을 뒤집자, 또 클럽의 킹으로 돌아왔다. 가까이에서 봐도 대체 어디에서 카드가 나왔는지 전혀 파악할 수 없었다.

"물론 바꿔치기는 너도 경계했었지. 그래서 대화로 네 정신을 다른 데로 돌린 거야."

"지금까지의 승부와 대화의 흐름…… 모두 네가 노린 대로 됐다는 건가."

"후후. 중요한 대사를 위장으로 사용해 원하는 행동을 하게 만드는 것. 그것이 교섭술의 기본이야."

나는 카트를 정리하면서 물었다. "뭐가 뭐의 위장이지?"

다자이는 잠시 의표를 찔린 듯 표정의 변화가 멈췄다. 하지만 그건 아주 순간으로, 곧 표정을 감추려는 듯이 고개를 갸웃하며 웃었다. 내 착각이 아니라면 그 얼굴에서는 쑥스러움을 감추려는 듯한 표정도 확인할 수 있었다. 가게의 조명이 어두우니 잘못 봤을지도 모르지만.

" '여기에 오지 않고 죽는다면 어리석은 일이다' 라……. 제법 날카로운 소리를 하기도 하는구나." 다자이는 표정을 감춘 채 말했다.

나는 그 자리의 카드를 한 장씩 정돈하면서 말했다. "가끔은 나도 바른 소리를 하기도 하니까."

폐점 시간이 되어 하나둘 밖으로 나가기 시작했다. 떠나야 할 시간이다. 밖은 밤이 깊어 정적이 모든 것을 집어삼키고 있을 즈음이겠지.

트럼프의 패를 바라보았다.

나는 포커를 잘하지만 절대 지지 않는다고는 할 수 없었다. 이 세상에 '절대' 란 없다. 이 세상의 모든 것은 본질적으로 컨트롤이 불가능하기 때문이다. 우리가 할 수 있는 거라곤 그것을 받아들이고, 최소한의 저항으로 그것을 즐기는 것뿐이다.

바의 한쪽 구석에서, 과거의 어딘가에서, 미래의 불확정성의 소용돌이 속에서.

"패를 천 번 젖혀 천 번 모두 예상대로였다 하더라도, 천 한 번째가 예상대로일 거란 보증은 그 어디에도 없지." 하고 나는 말했다.

"그래. 나도 뼈저리게 느꼈어." 하고 다자이는 말했다.

"나?"

"이상한가?"

다자이는 미소 지었다. 그 미소는 조금 전보다도 얼마간 나이를 먹어 성숙한 사람처럼 보였다.

나는 고개를 가로저었다. 오늘은 정말 수많은 일들이 벌어졌다.

"조금 전 질문 말인데." 하고 내가 일어서면서 말했다. "다음에 언제 여기서 모일지, 나도 확실하게 말할 수는 없어. 너는 자신도 알고 있듯 기분파고, 나로 말하자면 아직도 내 문제가 해결되지 않았으니까."

다자이가 고개를 끄덕였다. "그 경찰관 출신들이지?"

"놈들은 포기하지 않았겠지. 설령 포기했다 해도 놈들이 마지막이라고는 생각하기 힘들어. '그림' 정보는 다른 자들에게도 누설됐다고 봐야 하니까. 지구의 반대편으로 도망쳐도 언젠가는 그 정보에 뒤쫓기겠지."

암흑사회의 인간은 어딘가에서 병렬적인 관계를 맺고 있기 마련이다. 《48》 놈들이 어떠한 연줄로 내 과거를 알게 되었는지는 알 수 없지만, 다른 범죄 조직에게 정보를 샀을 가능성이 크다. 설령 그게 아니더라도 《48》의 조직원들은 내 정보를 다른 범죄 조직에 팔아넘길 수 있다. 그렇게 된다면 내가 상대해야 할 사람들은 그들만으로 그치지 않는다.

언젠가 나 정도 되는 인간으로는 도저히 감당할 수 없는 날이 오게 되겠지.

"에휴, 아직도 그런 일로 고민했어?" 다자이는 팔짱을 끼었다. "쉬운 해결 방법이 있잖아."

"그런가?"

"지구 반대편으로도 안 된다면, 더 깊은 장소로 도망치면 그만이야." 다자이는 가벼운 말투로 말하더니, 어깨를 으쓱 들어 올렸다. "어떤 범죄 조직도 쉽게 손을 댈 수 없는 깊은 장소. 그렇게 먼 장소도 아니지. 이 요코하마에 그 장소가 있어."

다자이는 그렇게 말하곤 히죽 웃었다. "그 장소에 가지 않고 죽는다니, 어리석은 인간이나 하는 짓이야."

나는 곰곰이 생각해 보았다. 잠시 후, 나는 그곳이 어디인지 짐작이 갔다.

정말로 그곳에 들어간다면 어떤 범죄 조직도 손댈 수 없겠지.

그곳은 이 요코하마에서 가장 어두운 장소. 포학한 검은 폭풍으로 둘러싸인 밤의 신전. 그 내부의 인간은 강철 같은 규정으로 결속해 있어, 외부에서 조직원을 공격하면 하나의 엄니가 되어 적을 물어뜯는다.

"어떤 인간도 과거에서 도망칠 순 없어." 하고 다자이는 미소 지으며 말했다. "하지만 그곳에 들어가면 별개야."

"나한테 그곳에 들어가라고?"

"너에게 달린 일이지." 다자이가 미소 지었다. "하지만 약속할게. 그곳에 들어가면 넌 어떤 과거도 더는 고민할 필요가 없어. 어떤 과거도 그곳에는 손길을 미칠 수 없으니까."

"그게 어디지?"

다자이는 의기양양하게 웃었다. 그리고 환영한다는 듯이 양팔을 벌렸다.

그리고 말했다. 미래를 크게 바꾸고, 그 운명을 결정짓는 말을.

“이름 말이야? 그 조직의 이름은…….”

〈다자이를 주운 날 Side-A〉 끝

Side-B

현관 앞에 피투성이 청년의 시체가 널브러져 있었다.

나는 그 시체를 내려다보고, 다시 집 앞을 바라보았다.

조용한 아침이다. 맞은편 집들이 눈앞의 포장도로에 검고 긴 그림자를 드리웠다. 생울타리로 심긴 능소화가 바람에 날려 살랑살랑 인간은 이해할 수 없는 속삭임을 나눴다. 어딘가 멀찍이서 장거리 트럭이 노면을 스치며 지나가는 소리가 들렸다.

그리고 눈앞 계단 아래에 시체가 하나.

시체.

그것은 어떠한 경우라도 존재가 기묘하게 과장되어 보이는 법이다. 그러나 이번에는 달랐다. 그 시체는 풍경에 녹아들어 아침의 온화한 일상과 하나가 되었다.

잠시 뒤, 나는 그 이유를 깨달았다. 시체의 가슴이 작게 위아래로 움직이고 있었다.

시체가 아니었다. 살아 있다.

나는 청년을 관찰했다. 청년은 온몸이 새카맸다. 부스스하고 텁수룩한 검은 머리에 옷깃이 높은 검은 외투, 스리피스 정장, 검은 넥타이. 검은색이 아닌 곳은 버튼다운 셔츠와 얼굴에 두른 붕대. 그곳은 흰색과 얼룩진 빨간색으로 물들어 있었다. 그 무늬는 중국의 불길한 예언서를 떠오르게 했다.

그가 쓰러져 있는 곳은 현관과 이어진 계단의 하단이었다. 금이 간 콘크리트 계단에는 기어오르려고 했는지 핏자국이 아래로 이어져 있었다.

문제. 눈 아래에 있는 사실상의 시체를 나는 어떻게 해야 할지 답하시오.

간단하다. 내가 그에게 발끝을 대고 체중을 실으면, 그는 곧장 계단을 굴러떨어져 지면에 도달한다. 그러면 그가 소속되어 있는 공간은 나의 집이 아닌 공도로 변한다. 나라의 영지다. 나라의 영지에서 궁지에 처한 자는 모두 나라가 자비를 베풀어 구제해야 한다. 나처럼 평범한 우편배달부는 집으로 돌아가 아침을 먹어야 한다.

내가 차갑고 무자비한 인간이라서 그러는 게 아닌, 생존을 위해 필요한 일이었다. 청년의 상처는 누가 봐도 총상이었다. 온몸에 몇 군데나 총상을 입었다. 여기서 보이는 모습 이상으로 그의 몸은 구멍투성이라 봐도 과언이 아니리라. 마지막 결정타로, 그는 왼손으로 구겨지지 않은 지폐 다발을 쥐고 있었다.

이것이 무엇을 의미하는가? 아무런 의미도 없다. 그라는 존재가 상상을 초월할 만큼 성가시고, 괜히 건드리면 괜한 된서리만 맞게 된다는 예상을 제외하면 아무런 의미도 없었다.

즉, 이자는 명명백백하게 일반시민이 관여할 성질의 인간이 아니었다. 일반적인 정신을 지닌 인간이라면 이자를 보자마자 이웃 도시로 도망가야 할 상황이었다. 성서에서 요나가 폭풍의 바다에서 거대한 물고기에 두 번째 맞닥뜨렸을 때 그러했듯이.

나는 청년을 보고, 노면을 보고, 하늘을 보고, 다시 청년을 보았다.

그리고 행동을 시작했다. 먼저 청년에게 다가가 양쪽 겨드랑이에 손을 끼우고 들어 올렸다. 그의 발뒤꿈치를 질질 끌면서 집으로 옮겨 벽에 고정된 침대에 눕혔다. 그는 겉보기보다 훨씬 가벼워 혼자서도 쉽게 옮길 수 있었다. 상처의 상태를 확인했다. 상처는 깊고 많았으며 출혈도 보통이 아니었지만 당장 적절한 치료를 하면 죽을 정도는 아닐 듯했다.

나는 옷장 안에서 구급상자를 꺼내 간단한 응급처치를 해주었다. 상반신 아래에 타월을 깔았다. 가위로 옷을 잘라 부상당한 곳을 드러낸 뒤, 총알이 남지 않았나 확인했다. 혈류를 막기 위한 지혈점——겨드랑이 아래, 팔꿈치 뒤, 복숭아뼈, 무릎 뒤——을 누르고, 청결한 천으로 강하게 묶었다. 그리고 소독한 압박 붕대로 상처를 지혈했다. 이 자에게는 다행스럽게도, 나는 이 정도의 응급처치라면 눈을 감고도 할 수 있었다.

전체적으로 처치를 마친 나는 청년을 내려다보며 팔짱을 끼었다. 청년의 호흡은 안정되어 있었다. 호흡기나 뼈도 다치지는 않은 듯했다. 그러나 눈을 뜰 낌새는 없었다. 머릿속에서 그만 됐으니 바깥에 내놓으라고 명령하는 소리가 들렸다. 이렇게 수상한 인간을 치료하다니 이보다 어리석은 일이 또 있을까. 나는 그 목소리에 따라야만 한다. 그게 현명한 인간이 할 일이다.

그 천사의 충고에 따르기 전에 나는 한 번 더 청년을 관찰했다.

청년의 얼굴은 본 적이 없다. 아무래도 지인은 아닌 모양이었다. '아무래도' 라고 말한 이유는 얼굴의 절반을 붕대가 가리고 있어서, 얼굴의 대부분을 확인할 수 없었기 때문이다.

이상하게 가슴이 술렁였다. 이 청년은 뭔가가 이상하다. 피투성이로 집 앞에 쓰러져 있는 인간이 이상하지 않다면 그게 이상한 일이지만…… 나는 처음으로 그를 봤을 때와는 완전히 별개의 위화감이 들었다.

다른 위치에서 얼굴을 바라보았다. 청년은 눈을 감고 있었다. 얼굴은 창백했고, 피로한 모습이었다. 호흡도 자세히 주의해서 확인하지 않으면 알아챌 수 없을 만큼 얕았다. 그러나 그럼에도 그의 행색에서는 기묘한 강력함이 느껴졌다. 의지의 힘, 자신의 신체에 대한 확실한 신뢰감. 더 나아가서는 그래——.

마치 이렇게 쓰러진 상태 자체가 그의 계획이라고 말하는 듯한…….

청년이 눈을 뜨고는 나를 쳐다보았다.

나는 오싹한 심정에 펄쩍 뛰었다. 언제 눈을 떴는지는 몰라도 전혀 눈치채지 못했다. 움직이는 기척도 없이 움직이고, 본다는 기척도 없이 바라봤다. 이자는 그런 행동이 가능했다. 평범하게 살아간다면 보통은 볼 수 없는 종류의 인간이었다.

그 눈.

나는 관찰력이 뛰어난 사람은 아니다. 그런데도 그 눈을 보자 몇 가지 사실을 자연히 알게 되었다. 추측건대 이자는 사람을 죽인 적이 있는 듯했다. 그것도 한 자리나 두 자리 단위가 아니다. 몇백 명이나 되는 사람이다. 그만큼 사람을 죽이면 평범한 인간이 소유할 수 있는 정신의 저 너머, 빛도 중력도 닿지 않는 깨달음의 저편에 도달하고 만다. 도달한 인간의 정신은 먼저 눈에, 그다음으로 입매에 드러난다. 안구는 검은 구멍이 되며 입매의 근육은 표정이 아니라 죄의 깊이를 표현하기 위한 기관이 된다.

그리고 다른 사항도 순간적으로 파악했다. 이 청년은 나를 알고 있다.

"너는 누구지?"

무심코 나온 목소리는 자신의 그것이라고는 생각하기 힘들 만큼 바짝 메말랐고 갈라져 있었다. 발밑에 힘을 주고 있지 않았다면 절로 한 걸음 뒤로 물러났을지도 모른다.

"너는 누구냐?"

나는 다시 물었다. 대답은 없었다. 들리는지 안 들리는지조차 파악할 수 없었다. 왜냐하면 내가 질문했는데도 그의 눈빛은 아무런 반응도 보이지 않았기 때문이다. 아무리 마음이 차가운 인간이라도 눈을 맞추고 말을 걸면, 어떠한 반응 정도는 확인할 수 있다. 하지만 이 청년은 그런 반응이 없었다. 단지 나라는 형상이 있는 방향을 향해 검은 눈을 뜨고 있을 뿐이었다.

아직 자세히는 뭐라고 말할 수 없지만, 나는 청년을 보고 어떠한 상태를 연상했다. ——이곳에는 마음이 없다. 마음과 닮은 텅 빈 무언가가 있을 뿐이었다.

그런 생각을 했던 그때, 청년이 입을 열었다.

무언가 말을 하려고 했다.

나는 하나도 빠짐없이 들으려고 입술을 주시하며 귀를 기울였다.

그러나—— 청년은 아무런 말도 하지 않았다. 입을 어떤 형태로 벌렸을 뿐이었다. 그는 아무 말도 하지 않았고, 아무런 감정도 보여 주지 않은 채, 그냥 입술의 형태를 바꾸기만 했다. 단지 그뿐이었다.

"너는 날 알고 있나?" 내가 물었다. "왜 집 앞에 쓰러져 있었지? 이렇게 다친 이유는 뭐지?"

청년은 나를 보고, 입을 열고, 무언가를 말하려는 듯이 숨을 들이쉬었지만 결국 아무 말도 하지 않았다. 입은 살짝 원래대로 돌아가 닫혔다. 마치 처음부터 열어서는 안 되었다는 듯한 기척과 함께.

목소리를 낼 수 없는 것일까. 실어증, 또는 선천성 발화 장애. 인간은 여러 가지 이유로 인해 목소리를 잃는다. 정신적인 이유. 뇌의 질환. 목구멍이 불에 탔다거나, 수술로 인두를 절제해도 목소리를 잃을 수 있다. 하지만 이 청년에게는 그 어떤 사례도 해당되지 않는 듯했다. 곧장 목 언저리까지 음성이 나오려고 하는데, 그걸 꾹 참은 듯한 낌새였다. 이자는 말할 수 있는데도 말하지 않는 것이다.

"말하고 싶지 않다면 안 해도 돼. 하지만 치료하지 않고 놔두면 넌 죽고 만다. 내 말이 무슨 말인지 알겠나?"

청년은 대답하지 않았다. 그 눈은 너무나도 조용한 허무로 가득해, 나는 그 모습으로 그가 목소리를 듣고 있다고 판단했다. 만약 들리지 않는다면 그에 걸맞은 혼란과 들리지 않는다고 주장하는 듯한 기척이 있어야 했기 때문이다.

"널 치료할지 아니면 그냥 포기할지는 내가 결정한다. 네가 말을 하지 않는 이상, 너에게는 결정권이 없어. 그래도 되겠나? 안 되겠다면 뭐라도 말을 해라."

청년은 가만히 나를 쳐다봤다. 몇 초나, 또는 몇십 초나. 그러고는 살짝 시선을 피하더니 눈을 감았다. 아무런 소리도 없었고, 아무런 감정도 없었다.

이자는 말이 들리고 말도 할 수 있다. 대화를 하지 않는 이유는 단지 문이 닫혀 있어서 그럴 뿐이었다. 두껍고 거대한 철로 만들어진, 아무리 힘을 주어도 결코 열리지 않는 문이.

"그런가. 그렇다면 내가 알아서 하마."

나는 말했다. 내 말은 공허하게 메아리치며 방의 구석 어딘가의 장소에 사뿐히 떨어져 내렸다.

그렇게 해서 나와 그 청년의 공동생활이 시작되었다.

엄밀히 말하자면 그건 공동생활이라고 부를 수 없었다. 심지어는 간호 생활이라고도 부를 수도 없다. 그건 일종의 조정 작업이자, 감시 작업이자, 보수 작업이었다. 굳이 아주 나쁜 표현을 쓴다고 한다면, 그것은 물고기를 키우는 작업과 비슷했다. 이 청년은 침대에 누운 채 하루 종일 거의 움직이지 않았기 때문이다.

식사와 배설을 제외하면 거의 몸을 뒤척이지조차 않는다. 나의 말과 행동에도 반응하지 않는다. 내가 수고로울 일은 없지만 인간을 상대하고 있다는 생각조차 들지 않았다. 감사의 말을 듣겠다는 기대는 하지 않았고, 날뛰거나 불만을 늘어놓는 사람보다는 훨씬 편했지만 시종일관 마음이 진정되지 않았다. 이런 경험은 태어나서 처음이었다.

그러나 딱 한 번, 얼굴을 거의 다 뒤덮고 있는 붕대를 갈려고 했을 때만큼은 강하게 저항했다. 도저히 상상조차 할 수 없었던 재빠른 반응이었다. 붕대를 바꿔 주려고 하는 내 손목을 재빨리 붙잡았다. 손 이외의 다른 부위는 전혀 움직이지 않았다. 마치 손만 별개의 생물이 되어 나를 습격한 듯했다.

현실적으로 붕대는 갈아야만 했다. 얼굴의 대부분을 뒤덮은 붕대는 이미 군데군데 회색으로 변했고, 피가 스며든 곳은 검게 변해 음산한 색채였다. 위생상으로 봐도 부상자가 두르고 있을 만한 상태가 아니었다. 그래서 나는 어떻게든 바꿔 주려고 했지만, 너무 완강하게 저항해서 곧 포기해 버렸다. 소독약은 세심하게 발라주고 있으니 죽지는 않겠지.

추측을 해보자면, 얼굴을 뒤덮고 있는 붕대를 바꾸면 나에게 얼굴을 들키니 그걸 염려하고 있는 모양이었다. 차갑고 굳은 눈동자의 색에서는 그런 종류의 고집이 엿보였다.

그토록 강한 의지를 가지고 거부한다면 물러설 수밖에 없다. 그러나 그 이후에 아무리 기억을 더듬어 봐도 청년과 예전에 만난 기억은 떠오르지 않았다. 사진으로 본 기억도 없다. 그러니까 청년의 걱정은 완벽한 기우였다. 그렇게 생각했고, 실제로 그렇게 말도 해줬지만 상대는 아무런 반응을 보이지 않았다.

마음대로 하려면 해라.

나는 그가 먹을 식사를 만들었고, 옷을 갈아입혔고, 몸의 붕대를 갈아 주었다. 대화는 하지 않았다. 그는 계속 침묵

을 지켰고, 나도 대화가 뛰어난 사람이라고는 하기 어려웠다. 그가 아무 말 하지 않아 오히려 좋다는 생각이 들 정도다. 그러나 어찌 되었든 간에, 자신이 어디로 가는지도 알 수 없는 보트에 올라타 있는 듯한 묘한 기분은 불식하지 못했다.

경찰관이 집에 나타난 것은 그즈음의 일이었다.

"실례합니다. S카와 경찰서에서 왔습니다. 이웃집에서 피를 흘리는 남자가 쓰러져 있다는 신고가 들어왔습니다. 잠시 이야기를 듣고자 하는데 괜찮으실까요?"

채광을 위해 달아둔 문의 장식 창문으로 남자의 그림자가 보였다. 두 명이다.

나는 움직임을 멈췄다. 그때 나는 커피를 내리기 위해 부엌에서 물을 끓이는 도중이었다.

"죄송합니다. 경찰입니다. 집에 계신가요?"

사정없는 노크가 현관문을 몇 번이나 흔들었다.

나는 힐끔 청년을 바라봤다. 이름도 모르는 청년. 밖의 목소리가 들리는데도 그 어떤 인간다운 반응을 보이지 않았다.

청년이 발견되면 어떻게 될까. 나는 재빨리 여러 가정을 하며 생각해 보았다.

청년은 누가 봐도 어떠한 범죄에 가담했을 가능성이 컸다. 그것도 숨을 쉬듯이 범죄를 목격하고 범죄 행위를 계속해 왔겠지. 그쪽 편, 어둠의 편에 선 사람이다. 그렇지 않고서야 온몸이 총상투성이인데 병원에도 가지 않다니 말이 안 되는 일이다. 즉, 경찰은 그를 부상자라기보다는 보물이라고 볼 가능성이 컸다. 체포 실적을 올리는 대상이다.

한편 나는 지금 아무런 잘못도 범하지 않았다. 눈에 보이는 부상자를 간병해 주었을 뿐이다. 총상을 입은 사람을 보면 시민으로서 당연히 신고해야 하지만, '총상인 줄 몰랐다' 라고 말하면 시 경찰로서는 물러설 수밖에 없다. 찔린 상처 같은 다른 상처인 줄 착각했다고 말하면 된다. 총상을 구별하는 작업은 크게 어렵진 않지만, 형법에 총상을 구별하지 못한 죄는 존재하지 않는다.

즉, 나는 청년을 시 경찰에 팔아넘긴다 해도 아무런 허물도 없다는 말이 된다.

나는 현관을 향해 발을 내디뎠다. 경찰을 만나기 위해서.

적당한 이유를 대고 돌아가게 만들자. 그렇게 생각했다.

지금 여기서 청년을 넘겨줄 거라면 처음부터 상처를 치료하지도 않았다.

그러나 나의 그 어리석은 헌신은 달성되지 않았다. 완벽히 예상외의 사태가 벌어졌다.

청년이 현관으로 돌진한 것이다.

그는 터무니없이 빨랐다. 최대한으로 움츠러든 용수철이 순식간에 튀어 올랐을 때의 모습 같았다. 그는 현관의 문을 두드려 열고는 경찰을 습격했다.

그건 그 누구도 예상할 수 없는 행동이었다. 나는 그에게 그런 순발력이 있으리라고는 예상조차 하지 못했다. 부상자라고는 생각하기 힘든 속도로 달려든 청년은 눈을 휘둥그렇게 뜬 경찰의 어깨로 뛰어오르더니 손가락으로 경찰의 얼굴을 푹 찔렀다.

경찰이 짧게 비명을 질렀다.

경찰이 발버둥 치며 청년을 출입구의 벽으로 내던졌다. 그래도 청년은 떨어지지 않았다. 목말을 타는 모습 그대로 경찰에 달라붙어 양 손가락을 귀에 찔러 넣었다. 그리고 곧장 귀를 찢어버리려고 힘을 주었다. 청년의 목에서 짐승처럼 으르렁거리는 소리가 흘러나왔다.

청년이 손가락을 빼냈다. 손끝은 피로 물들어 있었다. 청년은 또 손가락을 찔러 넣었다. 경찰은 자유롭게 움직일 수 있는 팔로 습격자의 몸을 붙잡더니 그대로 실내를 향해 쓰러졌다.

바닥의 목재가 깨져 우지직하는 소리가 났다.

습격당하지 않은 조금 젊은 경찰이 겨우 뭔가 떠올랐는지 권총을 뽑았다. 스윙아웃식 더블액션 리볼버. 청년을 겨냥했다. 경고는 없었다. 그 총이 불을 뿜는 미래가 보였다.

나도 움직였다. 경찰에게 돌진해 권총을 붙잡았다. 엄지를 총신과 해머 사이에 쑥 집어넣었다. 이렇게 하면 해머가 뇌관을 건드리지 못해 총알은 발사되지 않는다.

나는 경찰을 바라봤다. 경찰은 분노한 표정으로 나를 바라봤다.

등 뒤에서 떨그렁하고 뭔가가 떨어지는 가벼운 소리가 들렸다.

금속으로 보이는 무언가. 돌아보려고 했는데 자세가 좋지 않았다. 오른손으로는 권총을 붙들고 있었고, 왼쪽은 벽이라서 돌아볼 수 없었다. 그게 문제였다.

하얀 무언가가 시야의 가장자리에서 흔들렸다.

그걸 던진 순간을 확인하지 못했다. 그러나 던진 사람은 아무래도 경찰인 듯했다. 우리 집에 그렇게 위험한 물건을 놔둔 적은 없기 때문이다. ——가스 수류탄.

그건 원통형의 검은색 개인 휴대 무기로 비살상성 혼수 가스를 분출한다. 분출 시간은 12초, 분출량은 기체로 환산해 2.8킬로리터. 아주 오래전에는 수술 전에 마취 대신으로도 사용했던 가스로, 들이쉰 사람은 의식이 혼탁해진다. 농도에 따라 다르긴 하지만, 대략 10초도 되지 않아 의식을 잃는다. 많이 들이쉬면 목숨이 위험해질 수도 있다.

나는 내 손을 입과 코에 대고 꽉 쥐었다. 그리고 청년을 찾으려고 했다. 가스 수류탄은 순찰 중인 시 경찰이 가지고 있을 물건이 아니었기 때문이다.

이자들은 경찰이 아니다.

그러나 시야 가장자리에서 무언가가 움직였다. 젊은 경찰이 권총을 버리고 몸통으로 나를 밀쳤다.

우리는 서로 얽힌 채 바닥을 굴렀다. 가슴을 크게 부딪쳐 폐에서 공기가 남김없이 밖으로 밀려 나왔다.

바닥을 구른 내 시야를 굼실거리는 흰 연기가 가득 채웠다. 마치 하얀 물 밑으로 밀려 떨어진 것만 같았다. 그러나 그게 희게 보였던 시간은 불과 아주 잠시뿐이었다.

기침을 한 나는 가스를 고스란히 흡입해 순식간에 정신을 잃었다.

♠ ♥ ◆ ♣

소리가 들렸다.

차갑고 눅눅한 소리.

너무 익숙한 소리여서 처음에는 그게 의미가 있는 소리처럼은 들리지 않았다. 마른 잎이 굴러가는 소리라든가 멀리서 전철이 지나가는 소리 같은, 그러한 잡음과 마찬가지로 의식의 주변을 미끄러져 지나가는 소리다. 그러나 그것이 잡음과 같은 소리일 리가 없었다.

그것은 오다 사쿠노스케가 얻어맞는 소리였기 때문이다.

소리는 흐릿하고 낮아 위험한 소리처럼 들리지는 않았다. 모래주머니가 떨어진 듯한 소리 같았다. 그러나 실제로는 매우 위험한 소리다.

다자이는 그걸 알 수 있었다.

정신이 아득해질 만큼 오랫동안, 그것에 목구멍 근처까지 잠긴 채 살아왔으니까.

"시작하기 전에 해둘 말이 있다."라고 말하는 누군가의 목소리가 들렸다. 나이가 많은 남자의 목소리였다. "나는 폭력을 좋아하지 않아."

가죽 곤봉(블랙잭)을 쥔 남자가 말했다. 다자이에게는 그것이 보였다. 다자이는 남자를 관찰했다. 가만히 관찰했다. 붕대로 감추어진 얼굴의 안쪽에서 날카롭고 어두운 눈으로.

"누군가가 폭력을 휘두르는 것도, 내가 휘두르는 것도 좋아하지 않지. 그러니 이건 어디까지나 비즈니스 행위라고 생각해다오."

남자는 곤봉을 아래를 향해 휘둘렀다. 표적은 구속된 오다 사쿠의 등이었다. 다자이는 그 모습을 가만히 바라봤다.

다자이가 있는 곳은 벙커의 복도. 완벽히 어둠에 휩싸인 곳이었다. 오다 사쿠와의 거리는 10미터 이상 떨어져 있다. 어둠과 거리 탓에 오다 사쿠와 사람들은 다자이가 보이지 않았다. 보이기는커녕 손이 닿는 곳까지 가까이 다가가도 아무도 다자이를 눈치채지 못할 정도였다. 그만큼 다자이는 농밀한 그림자에 녹아들어 그 자신을 어둠과 일체화한 상태였다.

다자이는 보고 있었다. 오다 사쿠가 얻어맞는 모습을. 단지 계속 지켜봤다.

남자가 곤봉을 내리쳤다. 오다 사쿠가 신음을 흘렸다.

다자이의 눈은 그 폭력을 보고도 꿈쩍도 하지 않았다. 눈동자는 죽은 사람의 그것처럼 조용했고, 어떠한 감정의 흔들림도 없었다.

그러나 남자가 내려치는 곤봉을 볼 때마다 다자이의 손가락이 움찔거리며 움직였다. 관절이 자동적으로 튀어 올랐고, 근육이 긴장했다. 그때마다 희고 가느다란 손가락의 힘줄이 피부 위로 떠올랐다. 손가락이 보이지 않는 무언가를 잡으려고 굽어졌다. 마치 자신이 얻어맞고 있는 것처럼.

다자이는 어둠과 하나가 되어 있었다. 그러니까 아무도 다자이를 발견할 수 없다.

그러나 남자가 휘두르는 곤봉에 반응해 맥동하듯 뿜어져 나오는 그의 살기에 한창 고문을 하던 나이 많은 남자가 반응했다.

"뭐지?"

남자는 어두운 곳을 돌아보았다. 아무것도 보이지 않았다. 어둠은 깊고 진흙처럼 짙었다.

남자는 고문을 중단하고 걸었다. 누가 있는지를 확인하기 위해서. 도저히 그러지 않을 수 없었기 때문이다. 그의 경험이 경고를 발했기 때문이다.

남자가 다자이가 있는 곳에 도착했다.

그러나 그곳에는 이미 아무도 없었다.

그곳에는 어둠이 있을 뿐이었다. 처음부터 아무도 없었다는 듯이. 어둠이 다자이의 형태를 하고 나타났다가 이윽고 원래의 어둠에 녹아 돌아간 것처럼.

남자는 당황했다. 그곳에는 머나먼 옛날부터 변함없이 무한한 어둠만이 뿌리박혀 있었다.

그 젊은 경찰관 출신은 자신이 무엇을 당했는지 전혀 알 수 없었다.

그는 지하 벙커를 순찰하다가 납치당했다. 그러나 자신이 납치당한 사실을 눈치챈 시기는 훨씬 시간이 지난 뒤——어둠 속에서 꼼짝도 할 수 없는 자신을 발견한 뒤였다.

그는 앉아 있었다. 수북이 쌓인 잔해의 중턱, 콘크리트 파편 위에 죄수처럼 앉아 있었다. 이제 막 눈을 뜬 그는 자신이 어떠한 상황에 처했는지 이해하지 못했다. 그러나 뇌가 각성하기 전부터 한 가지만큼은 명확하게 인식했다. 통증이었다.

몸이 아팠다. 무겁고 날카로운 통증이 불쾌한 신호가 되어 온몸을 휘돌았고, 살결을 얼얼하게 자극했다. 그러나 몸의 어디가 아픈지 알 수 없었다. 뇌는 진흙 같은 혼수상태에 아직도 반쯤 매몰되어 있었다.

그곳은 지하 벙커의 깊은 곳, 폐기된 구역.

그 구역에서 약 10년 전, 긴급 구출용 산소통 폭발 사고가 벌어져 그 이후로는 계속 반쯤 붕괴된 상태였다. 천장에도 벽에도 생물처럼 금이 휘감고 있었고, 무수히 많은 잔해가 쌓여 있었다. 잔해는 주먹 크기에서부터 자동차 크기까지 다양했고, 그 틈새로는 기재용 철골 와이어가 자생하는 식물처럼 고개를 내밀고 있었다.

그가 앉은 곳은 어둑어둑한 굴의 안쪽, 잔해로 막혀 있는 좁은 길이었다. 딱 좌식 의자 정도의 높이의 잔해 위에 걸터앉아 있는 모습이었다. 정확히는 누가 강제로 걸터앉게 만들어 놓은 상태였다. 그는 스스로 움직일 수 없었다.

팔과 다리가 고정되어 있었기 때문이다.

양팔은 거대한 잔해에 상하로 깔려 있었다. 팔꿈치 아래로는 입을 닫으려고 하는 형태의 잔해에 꽉 끼인 상태였다. 그 잔해의 중량은 당장 팔이 으스러질 만큼 무겁지는 않았지만 자력으로 팔을 빼낼 수 있을 만큼 가볍지도 않았다.

"이건……."

그는 절망으로 갈라진 목소리로 말했다.

자신의 발을 봤기 때문이다.

굵은 말뚝이 발등을 관통해 바닥에 꽂혀 있었다.

공사용 말뚝이다. 엄지 정도의 굵기로 오래되어 녹이 슬어 있었다. 그게 가죽 신발을 관통하고, 피부를 관통하고, 발의 살을 관통하고, 가죽 밑창을 관통해 바닥에 꽂혀 있었다. 바닥에는 아직도 원형으로 퍼져나간 신선한 피가 흥건했다.

누군가가 말뚝으로 꿰뚫어 발등을 고정시켜 놓았다. 그 목적은 무엇일까.

"자네는 아픔을 느끼고 있나 보군."

갈라진 목소리가 어둠 속에서 들렸다.

젊은 경찰은 겁먹은 표정으로 목소리가 들리는 곳을 보았다.

"통증은 좋은 현상이야. 살아 있다는 증거지. 더 좋은 면도 있어. 강한 통증은 인간을 지배해 생각을 바꾸고, 때로는 인격마저 싹 사라지게 만들지. ……어째서 그게 좋은 일인지 아나? 토다 아키히코 군?"

그 목소리는 위압적이고, 단정적이고, 피가 철철 흐르는 상처처럼 생생한 위험으로 가득했다. 소년인 듯한 높은 목소리였지만, 거기에는 소년이 당연히 갖추고 있을 인간다움이 결여되어 있었다.

그림자의 남자. 그는 다자이였다.

"그것은 즉, 우리의 인격, 영혼은 고통과 공포라는 원시적인 본능에 입각한 편의적이고 불안정한 가설에 불과하다는 사실을 우리에게 나타내주기 때문이야."

다자이는 희미하게 웃었다. 얼굴의 대부분이 붕대에 감추어져 있어 그 미소는 가늘게 뜬 눈과 반월도처럼 희고 왜곡된 입 모양밖에 보이지 않았다.

"너는, 분명 집에 있던 부상당한……." 토다라 불린 젊은 경찰은 의식이 몽롱한 인간이 내는 듯한, 호흡을 하는 듯한 목소리로 말했다. "어떻게, 내 이름을 알지?"

"나는 거의 모든 것을 알고 있으니까." 다자이는 다정하게 타이르는 듯한 목소리와 함께 토다에게 다가갔다. "넌 범죄 조직 《48》의 일원이야. 원래는 지방 경찰서의 순경이었지만, 직장 선배였던 전직 경찰의 권유로 조직에 가입했지. 주거지는 츠루미가와의 하류에 가까운 철로 아래. 부모님과 여동생이 신슈에서 양조업을 운영 중이지. 범죄로 얻은 수익은 은행에 맡기지 않고, 폐품 집적장의 금고 안에 숨겨뒀어. 현명한 판단이야."

"아니……?!"

새파랗게 질린 경찰을 내려다보며 다자이는 차가운 눈으로 말했다.

"걱정할 필요 없어. 자네에게 고통을 주는 그런 취미는 없으니까. —— '그림'에 관해 아는 사실을 다 말해라."

"뭐……? 그림이라고? 넌 대체 누구냐? 어떻게 내 이름을 알——."

"대답이 다르군."

다자이는 그건 관심 없다는 듯 상대의 말을 자르고 발을 찼다.

발끝으로 작은 돌을 굴리는 듯한 가벼운 동작이었지만 경찰은 몸을 젖히며 절규했다.

"끄아아아아아아아악?!"

발등에 꽂힌 말뚝이 발에 차이자 신경과 뼈를 뒤흔들어, 그 통증이 온몸을 꿰뚫고 지나갔다.

"사실은 나도 자네와 이야기하고 싶지 않아. 그러니까 무의미한 수다는 사양하고 싶군. '그림' 에 관해 말해라. 어떻게 오다 사쿠가 그걸 소유했는지 알았는가. 더 나아가 어떻게 '그림' 에 가치가 있는 줄 알았는가."

"모……." 경찰의 얼굴이 일그러졌다. 극심한 통증이 물결치며 온몸을 휘돌고 있는 듯한 얼굴. "몰라……."

"호오." 다자이가 눈썹을 들어 올리며 말했다. 그러나 그 이외의 표정은 완벽히 변화가 없이 잔잔했다.

"정말이야! 난 막 들어온 말단으로, 거의 아무것도 몰라! 알고 있는 것이라곤 몇억의 가치가 있는 '그림' 을 오다라는 남자가 숨겼다는 정보뿐이야!"

"이봐, 토다." 다자이는 걸어서 경찰에게 다가가더니 잔해 하나에 팔을 올렸다. "여긴 네 조직의 은신처야. 즉, 이 지하 시설에는 자네의 '대역' 이 많다는 말이기도 하지. 아무것도 모른다고 내가 믿게 만들어 살아남을 수 있다고 생각한다면 큰 착각이야. 자네 같은 인간이 죽는다 한들 난 아무런 감정을 느끼지 않고, 전혀 곤란할 일이 없어."

경찰은 식은땀이 온몸에서 분출되는 감각을 느꼈다. 이 청년은 거짓말을 하지 않았다. 눈을 보면 알 수 있다. 그는 자신을 부엌에 내려앉은 파리 정도로 생각하고 있을 뿐이었다.

"아까 자네들의 고문을 봤어. 조금 안심이 되더군." 다자이의 미소는 얇은 종이처럼 가벼웠다. "경찰이란 수사의 프로일지는 몰라도 고문의 프로는 아닌 모양이야. 그런 어린애 장난 같은 고문으로는 벽시계가 몇 시를 가리키고 있는지조차 캐내지 못해. ……진정한 고문이 뭔지 내가 알려주지."

다자이는 그렇게 말하며 발밑의 잔해를 하나 주워들었다. 무게는 몇 킬로그램 정도. 양손을 사용하면 별 어려움 없이 들 수 있다.

"이걸 어떻게 하리라 생각하나?"

다자이는 잔해를 높이 들어 올렸다. 경찰은 몸을 잔뜩 움츠렸다. 저게 머리에 떨어지면 머리가 부서진다. 도망치고 싶어도 팔다리가 고정되어 도망칠 방법이 없었다.

다자이는 잠시 상대를 차가운 눈으로 관찰하더니, 이윽고 입을 비웃는 듯한 형태로 일그러뜨렸다.

"아니야." 다자이는 고개를 저었다. "이것으로 때리는 짓은 안 해. 힘들고 손이 아프니까. 프로는 쓸데없는 힘을 쓰지 않아. 정답은 이렇게 하는 거야."

다자이는 잔해를 내려놓았다. 경찰의 팔 위에 올라가 있던 거대하고 평평한 잔해 위에.

무거운 중량이 더해진 충격으로 인해 경찰이 작게 얼굴을 찌푸렸다.

"이제 끝. 어때? 맥 빠지지? 고문이란, 처음엔 약하게 시작해야 하는 법이야. 그래야 상상할 시간을 줄 수 있으니까. 왜냐하면 인류에게 가장 강력한 공포란, 자신의 상상력 때문에 품게 되는 공포거든."

그런 말을 한 다자이는 하나 더 잔해를 들어 올려 이번에도 평평한 잔해 위에 올려 두었다.

"하나둘 정도로는 대단하다고 할 수 없지. 하지만 10개라면 어떨까? 20개라면? 자네의 팔은 고정되었는데 위에서 조금씩 무게는 더해져 가지. 지금은 팔이 압박을 받아 아픈 정도겠지만, 언젠가는 한계가 오게 돼. ——천천히, 시간이 지남에 따라, 뼈가 부서지고, 양팔이 으스러져 가지. 조금씩 잔해의 양을 늘려갈 테니, 그걸 상상할 여유는 아주 넉넉하겠군."

경찰의 얼굴에서 서서히 핏기가 가셨다. 복잡한 사고가 그의 눈에서 사라져 갔다. 지금 남아 있는 것이라고는 극히 원시적이고 단순한 감정뿐.

"그거야." 다자이는 유쾌하다는 듯 상대의 이마를 가볍게 쿡 찔렀다. "그게 공포야. 자신의 상상력 때문에 품는 공포. 아무도 인간한테서 상상력을 빼앗을 수는 없지. 자, 계속할까."

다자이가 잔해를 또 들어 올려 위에 올려 두었다. 팔꿈치 아래에 무게가 더해졌다.

식은땀이 경찰의 뺨을 타고 흘러내렸다.

이제 벌어질 일은 명백했다. 팔이 부서진다. 잔해의 무게에 눌린 뼈는 주로 전완부의 요골과 척골, 손목 부근에 있는 월상골, 선상골, 삼각골. 그에 더해 손가락의 관절. 그러한 곳에 하중이 걸리면 가장 힘이 집중된 순서대로 뼈는 으스러져 간다.

살을 다쳤을 때의 아픔에 비해 골절의 아픔은 훨씬 더 강하고 불쾌해, 그 어떤 인간도 참기가 불가능하다고 일컬어진다.

심지어 일반적인 골절은 뼈에 가장 많은 힘이 가해진 한 군데만 부러지는 것으로 끝난다. 그러나 이 고문에서는 뼈의 한 군데가 부러지면 새로운 곳에 응력이 집중되어 그곳이 새로 부서지고 만다. 그런 파괴는 연쇄적으로 벌어져, 마지막에 뼈는 목재파쇄기에 들어간 목재처럼 산산조각이 난다. 그때 팔은 살과 피가 뒤섞인 평평한 매트리스와 다름이 없어진다.

그리고 거기에 이르기까지는 길고 긴 시간이 걸린다.

"부탁이야! 이제 그만해!"

경찰이 소리치고는 도망치려고 자리에서 일어섰다. 그러나 그건 아무런 의미가 없는 동작이었다. 살짝 허리가 들렸을 뿐이었다. 양손은 눌려 있고, 양발은 말뚝에 고정되어 있다. 도망치기는커녕 자세를 제대로 바꿀 수조차 없었다.

"그러길 원한다면 질문에 대답해라."

다자이가 평평한 잔해에 기대며 체중을 실었다.

"끄으으으윽!"

다자이가 기대자 더욱 압력이 가해져 양팔이 우지직거렸다.

"그림에 관해 말해라. 나는 그걸 위해 왔거든. 너희 조직을 제거하는 거야 어렵지 않아. 하지만 그림에 관련된 일을 해결할 필요가 있어. 그게 계획의 '제1단계' 다."

"제1단계……?"

경찰은 당혹스러운 목소리로 물었다. 상대가 무슨 말을 하는지 전혀 이해할 수 없었다.

이 세계에 그걸 이해할 수 있는 인간은 아직 존재하지 않았다.

"전부 알고 있어. 자네에 관해서도, 자네의 조직에 관해서도, 앞으로 일어날 일도." 다자이의 목소리는 내면의 무언가를 억누른 나머지 갈라진 소리였다. "내가 알고 싶은 것은 그림뿐이야. 왜냐하면 이대로는 오다 사쿠가 죽기 때문이다. 미래를 바꾸기 위해 나는 그림이 어디 있는지 알아야만 해."

"모르겠어. 모르겠다고! 네가 무슨 말을 하는지 모르겠어! 나는 그냥 말단 조직원일 뿐이야! 정말로 아무것도 몰라!"

"그런가."

또 잔해가 올라갔다. 경찰이 소리쳤다. 그리고 온갖 힘을 다 짜내 팔을 잔해에서 빼내려고 했다. 살아남기 위해서는 그러는 수밖에 다른 방법이 없었기 때문이다.

양팔이 쭉 펴지고 관절이 하얗게 비쳐 보였다. 경찰은 숨을 멈추고 보통은 불가능한 괴력을 발휘했다. 팔이 아주 조금 바깥을 향해 밀려 나왔다.

그러나 거기까지였다.

"불가능해." 다자이는 다정함마저 묻어 나오는 목소리로 말했다. "죽을힘을 다하면 지금은 팔을 빼낼 가능성도 있겠지. 하지만 자넨 빼낼 수 없네. 콘크리트 표면은 거칠거든. 온 힘을 다하면 어딘가에서 팔의 피부가 찢어질 거야. 그리고 빼내면 빼낼수록 접촉 면적이 줄어 피부에 걸리는 압력은 강해지지. 즉, 자네는 피부가 찢어지고 노출된 살덩이가 콘크리트에 깎여 나가는 감각을 느끼면서 팔을 마지막까지 빼낼 필요가 있어. 과연 자신의 몸을 직접 깎아 나가는 행위를 마지막까지 계속할 수 있을까?"

경찰의 얼굴을 두려움이 휩쓸고 지나갔다. 팔에서 힘이 빠졌다.

거친 숨을 쉬면서 경찰은 몸을 둥글게 말았다.

"이것 봐." 다자이가 미소 지었다. "자네의 의사, 자네의 영혼은 팔을 빼내라고 외치고 있지. 하지만 상상력이 공포를 낳고, 공포는 팔을 멈추게 만들어. 그래서 말했잖나? 우리의 인격, 영혼은 고통과 공포라는 원시적인 본능에 입각한 편의적이고 불안정한 가설에 불과하다고. 오늘 이 순간, 고통은 자네의 주인이자 왕이 된 거야. ——그러니까 자네는 말할 수밖에 없어. 틀림없이."

경찰은 공포로 온몸을 부들부들 떨었다. 그것은 고통에 대한 공포이자 상상력에 대한 공포였다. 그러나 무엇보다도 두려운 대상은 눈앞의 청년. 고통을 만들어 내고 고통을 지배하는, 고통의 나라의 왕이었다.

"넌…… 정체가 뭐지? 어떻게 이런 짓이 가능한 거야?"

"나는 고통의 프로." 다자이는 비밀을 밝힐 때처럼 얼굴을 가까이 대며 말했다. "그래, 자신에게 변명할 말이 필요할 테니 가르쳐 주지. 나는 포트 마피아의 5대 간부 중 한 명이다."

그 말을 듣자 경찰은 경련을 일으키듯이 움찔하고 튀어 올랐다. 눈에 후회의 감정이 떠올랐다. 온몸의 근육이 단단히 굳었고, 그는 잠시간 팔을 짓누르는 잔해도, 발의 말뚝도 모두 잊었다.

"알았어. 말할게. 뭐든 말할게! 나는 몰랐어. 이게 포트마피아를 화나게 하는 일이었다니!" 경찰은 머리를 흔들어 머리카락을 헝클며 절규했다. "돈이라면 줄게. 동료도 얼마든지 팔아넘길게! 그러니까 살려줘. 부탁이야, 날 살려줘!"

경찰은 무척 쉽게 함락되었다. 다자이가 엷게 웃었다.

"그림을 어디서 알게 됐지?" 하고 다자이가 물었다.

"어떤── 미술상이라고 들었다." 경찰은 눈에 핏발을 세우며 필사적으로 기억을 더듬었다. 어떤 말을 하는지 한마디한마디가 자신의 목숨과 존엄을 좌우한다는 걸 겨우 깨달았기 때문이다.

"그자는 항구거리에서 작은 화랑을 경영하고 있는데, 뒤로는 위작의 거래도 하고 있는 이른바 회색 상인(그레이 머천트)이야. 그자가 지난달, 거래 중에 실수해 체포되었다. 위작인 줄 알면서도 고객에게 그림을 판 죄지."

"목이 아주 잘 풀린 모양이군." 다자이는 미소 지으며 가까운 잔해에 걸터앉았다. "그래서?"

"그래서…… 담당 시 경찰이 여죄를 조사했다. 대단한 범죄 사실이 밝혀지진 않았지만, 하나 큰 사건에 대한 용의가 부상했지. 장물거래다."

"호오." 다자이가 고개를 갸웃했다. "계속해."

경찰은 통증을 참기 위해 끊어져 가는 목소리로 계속해서 설명했다.

그건 그 미술상에게는 전례 없는 시도였다. 바로 유럽에서 흘러온 도난품을 몰래 파는 일이었다. 그것은 어른 둘이 달라붙어야 겨우 옮길 수 있는 거대한 그림으로, 바쁘게 농사일하는 부부가 그려진 중세 유럽의 풍경화였다. 14세기 유럽의 대군주였던 귀족 남자가 그린 그림으로, 그 시대 그림의 최고 걸작이라 불렸다.

어느 날 밤, 그 그림이 프랑스의 국제미술관에서 사라졌다. 절도범들은 이능력 강도단. 범인들은 일본으로 도망쳤고, 거기서 그림을 돈으로 바꾸기 위해 미술상에게 접촉을 시도했다.

도난품의 매입—— 장물거래는 그 미술상에게는 익숙한

일이었다. 그러나 이번 일은 그 규모가 너무나도 컸다. 역사적인 가치마저 인정받는 그림이었다. 도난을 당했다는 보도는 당연히 세계 각지에 퍼져 있어 구매자도 쉽게 발견하기 힘들었다.

그러나 결국 미술상은 그 일을 멋지게 해냈다. 최종적으로 그림을 사들인 사람은 일본의 어떤 부호였다. 항공기 수입업으로 재산을 쌓은 남자로, 고가 미술품을 사랑하는 자였다. ——정확히는 고가 미술품을 소유하는 자신을 사랑하는 남자였다. 그 부호는 그림을 자택의 지하실에 장식했다. 아무에게도 보여 줄 생각은 없었다. 자신에게만 보여주면 그것으로 충분했다.

그래서 체포당했을 때, 미술상이 가장 먼저 떠올린 사건은 그 그림의 매매였다. 그 그림의 행방은 국제적인 관심사였다. 만약 꼬리를 잡히면 유럽형사경찰기구(EUROPOL)가 등장한다. 그들이 등장하면 수사의 치열함, 죄과의 크기는 요코하마시 경찰이 관할했을 때와는 비교도 할 수도 없을 만큼 거대해진다.

그래서 미술상은 범죄 조직 《48》에게 장물거래의 증거를 말소해 달라고 의뢰했다.

그 의뢰는《48》이 잘하는 분야의 하나였다. 시 경찰 내부의 협력자를 통해, 경찰의 증거품 보관실에서 증거품을 훔치거나 범죄 기록을 고쳐 쓰면 된다. 죄과의 무게가 어느 정도인가에 따라 가격은 조절되지만, 수사 과정을 잘 알고 있는《48》의 수완은 그쪽 업계에선 인기가 높았고, 의뢰가 끊기는 일도 없었다.

《48》의 움직임은 신속했다. 그림 강도단의 도항 기록을 말소하고 장물거래에 사용된 창고 근처의 감시 영상 기록을 변경했다. 그들에게는 현역 시절에 쌓아온 지식이 있었고 무엇보다도 철저하고 강한 끈기가 있었다. 낮에서 밤으로, 법의 수호자에서 무법자로 전락했어도 그 강한 끈기만큼은 아무도 빼앗을 수 없었다.

그러나 거기까지였다. 두 가지 문제가 발생했다.

그림을 사들인 부호가 살해당했다.

그리고 그림이 사라졌다.

부호가 살해당한 곳은 자택이었다. 가족과 함께 살해당했다. 범인을 추측할 증거는 전혀 없었고, 더 나아가 어떻게 침입했고 어떻게 살해했는지 그 방법조차도 알 수 없었다. 알아낸 것이라고는 가까운 거리에서 머리를 향해 발사한 총알에 맞아 즉사했다는 사실뿐이었다. 총알의 발사 흔적은 어떤 기록과도 일치하지 않았다.

틀림없이 프로의 짓이었다.

그리고 그림이 사라졌다. 그렇다면 생각해 볼 수 있는 가능성은 하나.

죽인 범인이 그림의 가치를 알고 있어서 그림을 훔친 것이다.

"말도 안 돼." 하고 다자이는 얼떨떨하게 말했다. "부호를 죽인 범인이 오다 사쿠고, 그림을 훔치기까지 했다고 말하고 싶은 건가?"

"다른 가능성이 뭐가 있겠어?!" 경찰은 통증을 꾹 참으며 말했다.

"수사 기록을 보면 살인 현장을 검증했을 때, 그림은 이미 사라졌다고 적혀 있어! 물론 살해당하기 직전에 그 자신이 직접 그림을 방출했을 가능성도 없진 않지만, 판매하기 힘든 그림이니 방출한다고 한다면 그림을 구입했던 미술상을 통해서 판매했겠지!"

다자이는 어디라고도 할 수 없는 장소를 응시한 채 완전히 정지했다.

체중을 잔해에 기댄 채 아무런 말도 하지 않았다. 단지 깊이 생각을 할 뿐이었다. 눈은 뜨고 있었지만 아무것도 보지 않았고, 호흡마저 잊은 듯이 보였다.

"알았네."

기나긴 시간을 거쳐 입을 연 다자이의 목소리에서는 감정을 전혀 느낄 수 없었다. 조금 전까지의 조롱도, 잔혹함도, 육식 짐승 같은 미소도, 아무것도 없었다. 완벽한 공허.

그리고 권총을 꺼냈다.

총구는 경찰의 머리를 겨냥했다.

"자……잠깐! 어째서지?! 전부 말했잖나! 조직을 배신하면서까지 전부 말했다고! 이 이상은 정말 아무것도 몰라!"

"넌 남 이야기를 전혀 듣지 않는 인간이군." 다자이의 목소리에서는 이미 냉혹함마저 느껴지지 않았다. 그 목소리에는 아무것도 포함되어 있지 않았다. 총을 쥐고 있는 기척도 없고, 인간에게 말을 걸고 있다는 기척조차 없었다.

"말했을 텐데. '너 같은 인간이 죽는다 한들 난 아무런 느낌도 안 들고, 전혀 곤란할 일이 없다' 라고. 그리고——아직 하지 않은 말이 하나 더 있어."

다자이가 손가락을 구부리기 시작했다.

"난 너희 조직이 싫어."

총성이 울렸다.

♠ ♥ ◆ ♣

말하기 힘든 이상한 감각을 깨닫고 나는 눈을 떴다.

내가 있는 곳은 포로를 감금하기 위한 임시 옥사였다.

원래는 공중 폭격에서 몸을 지키기 위한 벙커 시설에 있는 간단한 수면실 같은 방이었던 듯했다. 호텔의 방 하나 정도의 크기로, 가장자리에는 녹이 슨 침대의 뼈대만이 고정되어 있었다. 입구의 문은 용접된 흔적이 훤히 보이는 철문으로 바뀌어 있었고, 문의 손잡이에는 보트용의 두꺼운 쇠사슬과 거대한 자물쇠가 매달려 있었다.

벽에 늘어선 고리에는 검은 전선이 몇 개나 지나가며 안쪽의 흐릿한 감옥 전등으로 이어져 있었다. 광원은 그것뿐이다. 공기 순환 설비가 없어 실내의 공기는 탁했다.

나는 그 중앙 근처에서 구속되어 있었다. 지지지직, 하고 음산한 소리를 내는 조명 이외에는 아무런 소리도 들리지 않았다. 음울한 시간이 음울한 표정으로 내 앞을 통과해 갔다.

이윽고 나는 이상한 감각의 정체를 깨달았다. 너무 조용했다. 벌써 두 시간 가까이, 그 어떤 사람의 발소리도 들리지 않았고, 그 어떤 목소리도 들리지 않았다. 이곳에 처음 왔을 때는 있었던 누군가의 적대적인 기척도, 회유하고자 하는 기척도 느껴지지 않은 지 오래였다.

나는 일어서 출구의 문에 귀를 대보았다. 역시 사람의 기척은 없었다.

그제야 나는 비로소 어떤 사실을 깨닫게 되었다. 그래서 나는 혼란스러웠다. 이걸 어떻게 해석하면 좋을까.

문의 자물쇠가 열려 있었다.

쇠사슬을 툭툭 쳐보니 절그럭절그럭 소리를 내며 쇠사슬이 떨어져 내렸다. 그걸 문과 이어줬던 자물쇠도. 문손잡이를 돌리자 철이 항의하는 듯 삐걱거리는 소리를 내며 문이 천천히 열렸다.

나는 잠시 생각에 빠졌다. 문이 열려 있다고 해서 방 밖으로 나가야만 하는 것은 아니다. 이곳에서 기다리고 있을 수도 있다. 그러나 그 경우라면, 나는 무엇을 기다려야 하는 걸까. 자신이 얻어맞을 다음 기회인가. 또는 자신을 유괴하고 구속한 놈들의 고생을 위로하는 스피치 기회일까.

결국 나는 밖으로 나가기로 했다. 양쪽 손목에 수갑이 채워져 있긴 했지만 이동하는 데는 지장이 없었다.

지하 벙커는 길고 복잡하게 뒤얽혀 있어, 마치 이름도 모르는 지저 생물의 몸속 같았다.

나는 어둑어둑한 복도를 손으로 더듬으며 앞으로 나아갔다. 가끔 검은 벌레가 손 근처에서 재빨리 도망치기도 했다. 어딘가에서 물방울이 떨어지는 소리가 들렸다.

통로 안에서는 희미한 바람이 불었다. 바람은 차갑고 습했고, 누군가의 호흡처럼 우울해지는 냄새가 났다.

길을 잃고 헤매지 않을까 했지만, 그런 일은 벌어지지 않았다. 표시를 발견했기 때문이다.

그것은 거대한 화살표로 갈림길 바닥에 난잡하게 그려져 있었다. 나는 다가가 그것을 손으로 건드려 보았다. 피였다. 누군가의 피로, 혹시나 못 볼 염려가 없을 만큼 커다란 화살표였다. 피는 아직 축축했다. 시간이 얼마 지나지 않았다.

그 앞을 보고 나는 화살표가 무엇을 의미하는지 이해했다. 누군가가 쓰러져 있었다.

다가가면서 나는 저 사람은 이미 살아 있을 리가 없다고 생각했다.

그는 옆을 바라보며 쓰러져 있었다. 다가가기 전부터 양팔이 너덜너덜하게 파괴된 모습을 확인할 수 있었다. 피부가 벗겨지고 속살이 노출되었다. 팔꿈치에서 손에 걸쳐, 손등과 손바닥의 피부가 양쪽에서 압박을 받은 것처럼 찢긴 모습이었다. 그러나 그 이외의, 팔의 측면은 거의 아무런 상처도 없었다. 대체 어떤 공격을 가하면 이와 같은 상태가 될 수 있을까.

양다리에는 신발을 관통한 거대한 구멍이 있었다. 구멍은 신발 밑창에도 이어져 있었고, 그곳에서는 지금도 천천히 피가 흘렀다. 나는 정신이 번쩍 들었다.

시체는 피를 거의 흘리지 않는다. 피가 흐른다면 이자는 아직 살아 있다는 말이었다.

나는 그가 위를 보도록 몸을 돌렸다. 그 얼굴은 어디서 본 적이 있었다. 분명 우리 집을 습격한 경찰의 한 명으로, 나이가 젊은 경찰이었다. 그자가 쓰러져 있었다.

"일어나라. 누구한테 당했지?"

내가 뺨을 치자, 젊은 경찰은 살짝 눈을 떴다.

경찰의 얼굴은 새파랗게 질려 핏기가 없었지만, 흐릿했던 시선은 이윽고 초점을 되찾았다. 그 시선이 나를 포착했다. 무엇을 보고 있는지 그의 뇌가 받아들이기까지 더욱 몇 초가 더 걸렸다.

"그만둬!"

갑자기 경찰이 나를 밀쳐내더니 굴러가듯이 물러섰다. 짧고 빠른 호흡을 하면서 자유롭지 못한 팔다리로 필사적으로 도망쳤다.

"이봐, 거기 서라."

"다가오지 마! 그만둬, 제발!"

"잠깐, 진정해라. 널 공격할 생각은 없어." 나는 가까이 다가가 그의 어깨를 붙잡았다. 버둥거리며 저항하는 팔을 제압하고 상대의 눈을 들여다보았다. "누구한테 당했지? 여긴 너희의 아지트일 텐데? 다른 동료들은 어떻게 됐지?"

그제야 경찰은 약간 이성을 되찾은 듯했다. 눈의 초점이

서서히 정상을 되찾아 주변의 상황을 파악하려는 듯 바쁘게 좌우로 움직였다.

"그 자식은…… 그 자식은 어디 있지? 당신은 동료가 아닌가?"

"그 자식?"

나는 경찰의 시선을 따라 주변을 둘러보았다. 그러나 아무도 없었다.

그곳은 넓은 비축실이었다. 원래 피난용 물과 식량을 보관해 두기 위한 광대한 공간이었겠지만, 지금은 아무것도 비축되어 있지 않아 넓지만 텅 빈 곳이었다. 사람 혼자서는 안을 수 없을 만큼 굵은 기둥이 마치 태고의 냉혈한 병사들처럼 일정한 간격으로 늘어서 있었다.

"그 자식이…… 그 자식이 말했어. '도망칠 곳은 없다' 라고." 경찰은 고열로 정신이 몽롱한 사람이 헛소리를 하듯이 말했다. "그리고 이렇게도 말했어. '여기에 있는 모든 사람이 죽길 원하지 않는다면 그림이 있는 곳을 말해라' 라고도."

"모든 사람?"

나는 주변을 둘러보았다. 우리 외에는 아무도 없었다.

"다른 자들은 어디에 있지?"

경찰은 겁에 떨며 고개를 저었다. 그리고 방의 안쪽을 가리켰다.

나는 일어서 그쪽을 돌아보았다. 단지 어둠이 있을 뿐이다. 어둑어둑한 곳의 끝에는 복도로 이어지는 입구가 있었고, 더욱 짙은 어둠은 복도를 집어삼키고 있었다.

나는 그쪽으로 가 보았다. 무언가 예감이 들었기 때문이다.

복도의 안쪽으로 나아간 나는 성냥을 켜서 어둠을 밝혔다. 바닥을 응시하기 전부터 그곳에 무엇이 있는지는 이미 알았다.

피웅덩이 안에서 허우적대듯이 남자가 엎드린 채 쓰러져 있었다. 양손을 힘없이 펼친 채, 구름 위에서 자듯이 느긋하게 피웅덩이에 빠진 모습이다. 그 안쪽에도 한 명 더. 이 자는 몸을 기역 자로 꺾고 양손으로 무언가를 안는 듯한 모습으로 쓰러져 있었다. 그 안쪽의 어둠에서도 또 피 냄새가 났다.

어떤 직감이 스쳐 지나갔다.

이 지하 아지트에 있는 사람은 이미 모두 쓰러진 상태가 아닐까?

나는 가까운 곳에 있던 한 사람에게 다가가 맥을 짚어 보았다. 출혈량을 봐선 그렇지 않아 보이지만 그는 죽지 않았다. 희미하게 숨을 쉬었다. 나는 그의 몸을 관찰했다. 온몸의 살이 예리한 날붙이에 몇십 군데나 베인 모습이었다. 단, 혈관과 수직이 되도록. 이렇게 베면 출혈은 비교적 빠르게 감소한다. 그것도 동맥을 피하도록 신중하게 출혈 부위를 선택했다. 마치 뛰어난 화가의 그림 같았다. 목숨을 잃지 않도록 주도면밀하게 계산하여 타격을 가했다. 이자는 살아 있다기보다는 누군가가 일부러 살려 놓았다. 실력이 일류여야 가능한 일이었다. 나와는 다른 종류의 기술을 보유한, 그늘진 세계의 전문가가 한 짓이다.

이자들도 당연히 폭력과 습격에 대비하고 있었을 텐데, 그런 그들을 이토록 쉽게 흩어 놓고 더 나아가서는 죽지 않을 만큼 조절하며 고문을 가하다니. 이걸 실행한 인간은 대체 누구일까. 그리고 목적은 무엇일까.

조금 전의 경찰은 '그림의 있는 곳을 말해라, 말하지 않으면 모두 죽이겠다' 라는 협박을 받았다. 즉, 그를 협박하고 고문한 자의 목적은 내가 아는 '그림' 의 정보다. 그렇다면 그자는 나를 적대하는 상대다.

갑자기 자신이 속옷 차림으로 극한의 산봉우리에 올라 길을 잃은 인간이 된 기분이 들었다. 몸을 지킬 도구도 없고, 도망치고 싶어도 어디로 가야 할지 길을 모른다. 하얀 어둠 저편에서는 정체 모를 괴물이 나의 피부를 너덜너덜하게 찢어버리기 위해 대기하고 있다.

나는 서둘러서 돌아갔다. 의식이 있는 경찰에게 길을 물으면서 함께 이곳을 탈출할 생각이다. 그러면 나를 표적으로 삼는 그 고문의 프로도 이곳에 있는 빈사 상태의 사람들을 그대로 두고 여길 떠날지도 모른다.

그러나 그 경찰에게 채 돌아가기도 전에 굴 전체가 흔들렸다.

충격, 굉음. 나는 똑바로 서지 못해 벽에 손을 짚었다. 눈에 보이는 모든 콘크리트가 흔들려 파편이 후두둑 떨어졌다.

"시작됐다……." 라는 목소리가 들렸다. 처음에 만났던 젊은 경찰이다. 나는 목소리가 들리는 곳을 돌아보았다.

경찰은 몸을 떨었다. 그 눈은 이 세상의 종말이 왔다고 확신한 듯했다. 나는 그를 일으켜 세웠다. 그는 고열에 시달리는 환자처럼 앞을 전혀 보지 않고 빠르게 말을 쏟아냈다.

"놈들이 올 거야. 놈들이 온다고! 우리는 남김없이 다 살해당하겠지. 그 자식은 공포를 마음대로 다루니까. 상상력을 다룰 줄 아니까. 아무도 자신의 상상력에는 이길 수 없어. 그 자식은 출구를 포위하고 우리를 모두 불태워 죽일 셈이야."

"이봐, 정신 차려라. 그 자식이 누구지?!"

경찰은 나를 바라보았다. 그 눈빛은 마치 나한테까지 전염되지 않을까 할 만큼, 깊은 곳에서 나를 향해 팽창해 오는 창백한 공포의 빛이었다.

"그 자식은 포트 마피아다."

포트 마피아.

그 말의 의미를 모를 만큼 난 세상 물정을 모르는 사람이 아니다.

그들은 이 도시의 어두운 장소에 부는 밤바람 같은 존재다. 어둠 속에서 끈질기게 따라붙어 그 엄니로 숨통을 물어뜯는다. 목숨이 있는 자는 결코 저항할 수 없는 죽음의 사도들. 그들이 이곳에 왔다.

또다시 폭격음이 들렸다. 넓은 실내가 경련하는 거대 생물의 내장처럼 흔들렸고, 벽면에는 가느다란 균열이 생겼다. 아무래도 상상했던 것보다 훨씬 시간이 얼마 남지 않은 듯했다.

"즉, 이런 건가." 나는 경찰을 보고 말했다. "곧 이곳은 포위당해 포트 마피아에게 몰살당한다. 하지만 내가 그림이 어디 있는지 말하면 모두 살아남는다."

"그, 그렇겠지." 경찰은 창백한 얼굴로 말했다. "그 자식은 굳이 다른 사람의 목숨을 빼앗고 싶어 하지 않아. 그 자식에게 우리의 목숨은 근처의 잡초보다도 가치가 없으니까. ——부탁이다. 살려다오. 이제 조직에서 탈퇴하겠다. 아무리 범죄로 돈을 벌 수 있다 해도, 더는 그런 괴물이 있는 세계에서 지내고 싶지 않아. 그러니까 살려줘. 나는 아직 죽고 싶지 않아."

나는 그 젊은 경찰을 바라봤다. 그 청년은 진심으로 겁에 질려 있었다. 공포가 그의 인격을 뒤덮어 성숙한 인간을 단지 벌벌 떨기만 하는 생명체로 변환시켰다.

그 눈동자의 빛 저편에서 나는 그 남자를 보았다. 공포를 다루는 자. 포트 마피아의 악마. 그는 공포를 실로 연결해 젊은 경찰을 조종하여 나에게 말을 걸고 있었다.

그림을 내놔라.

"거절한다." 하고 나는 말했다. "먼저 폭력으로 타인을 따르게 만들려고 하는 그 자식의 방식이 마음에 안 들어. 두 번째로, 그 그림은 내 물건이 아니야. 다른 사람의 물건이다. 목숨을 매매하는 대금으로 내가 알아서 활용할 수 있는 물건이 아니지. 세 번째로, 그 그림에는 이미 그 정도의 가치가 없어. 5억은커녕, 5만도 되지 않겠지. 설령 그림을 내놓는다 해도, 놈들이 우리를 놔줄 리가 없다."

"하지만! 그림을 넘기지 않으면 몰살당할 텐데——."

"네 번째." 나는 경찰의 말을 끊으면서 말했다. "이런 상황이라도 나는 죽이지 않겠지. 왜냐하면 그 그림이 어디 있는지는 나만이 알고 있으니까. 포트 마피아는 이곳을 포위해 안에 있는 인간을 몰살시킬지도 몰라. 그러나 나만은 살려둘 필요가 있다. 내 머릿속 외에는 정보가 없으니까. 하지만 만약 지금 너에게 그림이 어디 있는지 말하면, 비밀을 아는 사람이 더는 나 혼자가 아니니, 내 목숨의 가치는 하락하고 만다. 그래선 마피아가 날 살려둘지 말지는 단지 운에 달리게 되지."

"무……무슨 소릴 하는 거냐?!" 남자의 목소리는 거의 절규에 가까웠다. "그러면 나는? 우리는 어떻게 되는 거지?!"

"너희는 범죄자다." 나는 최대한 잔잔한 말투로 말했다. "더 사악한 범죄 조직에게 통째로 잡아먹히더라도, 그건 자연의 섭리일 뿐이야."

"너 이 자식……!"

경찰은 쓰러진 채, 숨겨두고 있던 권총을 재빨리 빼냈다. 그리고 나를 겨냥했다.

나는 한 걸음 물러서 총을 관찰했다. 검은 9밀리미터 자동권총. 총구는 정확히 나를 겨누었다. 자동권총은 해머를 당길 필요가 없다. 부상당한 양팔로도 한 발이라면 쏘기가 어렵지 않다.

"내 이야기를 안 들었나." 나는 양손을 들면서 말했다. "내가 죽으면 정보는 사라진다. 그러니까 총으로 위협해도 아무 의미가 없어."

"그래, 그렇고말고. 그러니까 넌 그렇게 거만하게 이야기를 할 수 있는 거겠지." 젊은 경찰의 눈은 광분에 사로잡힌 듯한 색을 띠었다. "자신만 안전한 곳에 있다고 생각하는 그게 마음에 안 들어. 그에 비해 나는 뭐지? 나는 틀림없이 죽겠지. 네가 무슨 말을 하든 안 하든. 그렇다면 여기서 널 죽여 기분을 조금이나마 풀고 죽겠다. 어때? 그래도 아직 네가 뭐라도 되는 양 말할 수 있겠나?"

나는 아무 말 없이 남자를 내려다보았다. 그 필사적인 모습, 살고 싶다고 바라는 인간의 절규와 애원을 내려다보았다. 이자는 정말로 날 쏘고도 남는다. 틀림없이. 기다리면 반드시 새벽이 찾아오는 것과 마찬가지로 확실하고 절대적인 일이었다.

"그런가." 하고 자신이 말하는 소리를 나는 들었다. "그렇게까지 말한다면 알려줄 수밖에 없겠군. 알게 된다 한들 뭔가가 바뀌리라고는 생각하기 힘들지만. ――그 그림의 소유자인 부호는 7년 전, 내가 죽였다. 나의 마지막 일이었지."

그리고 나는 말을 시작했다.

내가 그 부호를 죽인 이유는 단지 임무였기 때문이다. 죽일 이유도 없었고, 상대가 어떤 인간인지도 몰랐다. 단지 상대의 머리를 향해 방아쇠를 당겼을 뿐이었다. 그뿐이었다.

살인 의뢰인의 목적은 그 '그림' 이었다는 듯하다. 나는 한참 나중이 되어서야 그 사실을 알게 되었다. 내 임무는 부호를 죽이는 것뿐. 시체를 옮기거나 뒤처리를 하는 일은 내가 모르는 다른 프로의 담당이었다. 그들은 그들에게 주어진 일을 했다.

나도 내가 해야 할 일을 했다. 그리고 임무를 마치고 돌아가다가 문득 눈에 들어온 책상 위의 소설을 들고 부호의 집을 나섰다.

언제나 최초의 계기는 사소하다.

그 소설을 계기로 여러 사건이 벌어졌고, 나는 결국 살인을 그만두었다. 그 이후로 나는 한 명도 죽이지 않았다.

2년이 지난 어느 날, 나는 문득 그 소설을 반환하러 가고 싶어졌다. 특별한 이유가 있었기 때문은 아니다. 도리라 생각해서도 아니었고, 죄책감이 생겨서도 아니었다. 그냥 그렇게 해야 내가 그 소설의 내용을 진지하게 받아들이는 행위가 될지도 모른다고 봤기 때문이었다. 나에게는 이미 직접 구입한 똑같은 책도 있었다.

일찍이 부호가 소유했던 저택에는 아들이 혼자 살고 있었다. 15세. 나중에 들은 바에 따르면 그는 친아들이 아니라 암흑사회의 항쟁으로 인해 부모를 잃은 아이를 부호가 양

자로 삼은 아이였다고 한다. 고아라는 말이다.

그때 나는 정신이 어떻게 됐었던 모양이다. 그 아들을 만나려고 했다. 몰래 집으로 들어가 책만 놓고 돌아가면 그만이었을 테고, 그 정도라면 나에게는 손가락을 구부리는 것만큼이나 간단한 일이었다. 하지만 그거야 어쨌든, 나는 그 아들 앞에 모습을 드러냈고 이름을 밝혔다. 내가 네 아버지를 죽인 범인이라고 말하면서.

아들이 얼마나 분노로 제정신이 아니었는지는 굳이 묘사할 필요도 없으리라 본다. 그의 분노는 정당했다. 암흑사회에 두 번이나 가족을 살해당했으니까. 그는 나를 마구 때리려 달려들었고, 주변의 물건을 던졌고, 온갖 욕설을 쏟아냈다. 공격은 쉽게 피했지만 욕설만큼은 피할 수 없었다.

그가 난폭한 행동에도 지쳐 주저앉았을 때, 나는 왜 죽였는지 사정을 설명했다. 그러자 그는 대가를 요구했다. 아버지의 목숨의 대가, 그리고 무단으로 가자고 나간 책의 대여료 명목으로.

그 그림을 되찾아와라, 라고 요구했다.

받아들여야 할 이유는 없었다. 무엇보다 그림이 지금 어디 있는지도 몰랐다. 틀림없이 머나먼 바다 저편에서, 비슷한 다른 부호가 사들였겠지. 조사를 의뢰할 만한 연줄이 없지는 않았지만, 그것은 곧 기간이 오래 걸릴 뿐만 아니라 귀찮고, 더 나아가 아무런 이익이 없는 노동을 해야 한다는 의미였다.

책만 아니었어도 받아들이지 않았으리라 생각한다.

결론부터 말하자면, 내 예상은 적중했다. 그건 기간이 오래 걸릴 뿐만 아니라 귀찮고, 심지어 아무런 이익이 없는 노동이었다. 덧붙여 말하자면 그것은 위험한 노동이기도 했다. 150명에 가까운 무장 병사가 지키는 민간 군사 회사(PMC)에 쳐들어가 총격이 빗발치는 가운데, 아무도 죽이지 않고 그림을 옮겨야만 했기 때문이다. 한 번 더 하라고 한다면 무조건 거절할 일이다. 내 인생에서 가장 성가신 일은 내가 직접 불러들였다.

내가 가져간 그림을 보고 부호의 아들은 가만히 그걸 보기만 했다. 약 30분 후, 그는 조용조용 말했다. 그림을 되찾고 싶었던 이유. 그 그림은 '내기의 대상' 이었다고 한다.

그의 아버지는 아들이 자신을 뛰어넘는 사업가가 되어 주길 바랐다. 그리고 18세가 되기 전에 1000만을 벌어들인다면 그 그림을 양도하겠다고 약속했다.

바보 같은 부모다. 그는 그렇게 말했다. 처음부터 불법적인 수단으로 입수한 더러운 그림이다. 그런 물건을 가지고 싶다며 아들이 필사적으로 노력하리라고 진심으로 생각했을까.

그러나 그는 노력했다. 그는 1000만 중에 그 80퍼센트 가까이를 이미 자신의 힘으로 벌었다.

그는 말했다. 그림을 가지고 싶어서 노력한 것은 아니었다고.

약속한 18세까지 앞으로 1년.

그 청년은 그때까지 내가 이 그림을 맡아 달라고 부탁했다.

그림에는 무언가 장치가 있었다. 자외선을 비추면 보이는 특수한 염료로 글을 적어 두었다. 그림의 4분의 1을 뒤덮을 만큼 큰 글의 내용은 이랬다.

「너는 나의 자랑」.

이걸 보면 전 세계의 미술 애호가들은 분노로 졸도하지 않을까. 이런 낙서를 하면 5억의 가치도 순식간에 날아가 버린다. 죽은 뒤에도 민폐 그 자체인 남자였다. 그러나 부호는 민폐이기에 그런 글을 적은 것이었다. 그림의 가치를 없애도 상관없을 만큼의 가치가 너에게는 있다고 전하기 위해서. 또는 오로지 그걸 위해서 일부러 불법적인 수단을 이용해 그림을 구입했을지도 모른다. 물론 정말 의도가 무엇이었는지, 지금에 와서는 알 방법이 없었다.

부탁받은 대로 그림은 내가 보관했다. 보관을 위해 상자에 넣고, 어둡고 시원한 바람이 부는 장소에 놓아두었다.

우리 집 바닥 아래, 침대가 있는 장소 아래에.

이미 미술적인 가치는 없는 그림이었다. 소중하게 보관한들 별 의미는 없다. 그러나 그 청년에게는 가치가 있었다. 아버지가 살해당한 아들에게 그 그림은 아버지의 유품이자, 아버지의 유언이자, 어떻게 보면 아버지 그 자체였다.

지금도 나는 그림을 지키고 있다.

속죄를 위해서가 아니다. 나는 그런 기특한 인간이 아니다. 단지 여러 세상사가 겹치고 겹치다 보니 그러자고 결정했을 뿐이었다.

"그리고 일단 결정한 일은 누가 부탁한다고 바꿀 생각은 없다.” 나는 경찰을 향해 걸어가면서 말했다. “이제 납득할 수 있겠나, 붕대 청년?”

“뭐라고?”

경찰이 반응하기도 전에 나는 그의 손에서 권총을 재빨리 빼앗았다. 양팔을 다쳐서 일어서지 못하는 경찰에게 총을 다시 빼앗을 만한 힘은 남아 있지 않았다. 나는 그 권총에 얼굴을 가까이 대며 말했다.

“이건 권총이 아니야.” 하고 나는 말했다. “도청기다. 거기서 듣고 있지? 이런 전개를 예측하고 내가 그림이 어디 있는지 말하도록 상황을 조성한 뒤, 이 권총으로 도청하려고 한 거야.”

“그 총이…… 도청기라고?” 경찰이 멍하니 말했다. 그런 말은 듣지 못했던 듯했다.

“처음에 이상하다고 생각하게 된 이유는 이게 자동권총이었기 때문이다.” 나는 권총을 관찰하면서 말했다.

“우리 집에 경찰이 들이닥쳤을 때, 이자가 들고 있던 총은 시 경찰이 쓰는 회전식 권총(리볼버)였다. 종류가 달라. 이 자동권총은 네가 경찰을 협박하기 위해 사용한 물건 아닌가? 그리고 또 하나, 기본적으로 협박이라 함은 협박하

는 사람 본인이 나와 접촉해야만 하지. 그런데 여기에는 모두 부상자뿐이다. 그래서 이렇게 상상했다. ——너는 이 장소에 나타나지 않고도 그림이 어디 있는지 알기 위해 경찰이 나를 위협하는 상황을 만들어 냈다고. 그렇다면 어딘가에 도청기가 있을 수밖에."

당연하지만 권총은 대답하지 않았다. 차갑고 무겁게, 단지 조용히 존재하고 있을 뿐이었다. 그러나 총은 그곳에 있기만 해도 독자적인 존재감을 주변에 과시한다. 나는 권총을 향해 계속 말했다.

"장전은 되어 있군. 하지만 공포탄이겠지." 나는 총을 천장을 향해 한 발 쏘아 보았다. 사격음이 울리고 섬광이 어둠을 갈랐지만, 그게 다였다. 천장에는 탄흔이 없었다.

"대단한 솜씨야. 여기까지 계산해 우리 집 앞에 쓰러져 있었나? 그렇다면 훌륭하군. 자, 그림에 관해서는 모두 이야기했다. 약속대로 포위를 풀어 주실까. 아니면 모두 밀고 들어와 여기서 즐겁게 살인 게임을 펼칠까? 나는 어느 선택을 하든 상관없어."

말을 하면서 나는 권총을 자세하게 점검했다. 지금은 아니지만 원래는 장사 도구였다. 무게의 균형은 자신의 손가락처럼 모두 꿰고 있었다. 아주 살짝 총목이 무거웠다. 착탈 버튼을 누르고 탄창을 손에 떨어뜨렸다. 총목의 나사가 있는 곳 근처를 살펴보니, 탄창 측면에 폴리머 재질을 깎아 박아둔 직사각형 형태의 부품이 있었다. 도청기다.

나는 탄창을 마이크처럼 들고 그 도청기를 향해 말했다.

"10초 이내에 세 발의 폭파음을 울리고 곧장 사라져라. 그러지 않으면 교섭이 결렬된 것으로 보고 내가 널 데리러 가겠다."

나는 도청기를 내던지고 머리 안에서 10을 세었다. 8과 9 사이쯤에 연속되는 충격이 지하를 흔들었다. 정확히 세 번. 멀리서 울리는 천둥 같았던 그 폭발음이 들린 뒤, 뚝 끊어지듯이 소리가 그쳤다. 그 이후에는 정적만이 남았다. 귀가 아플 정도의 정적만이.

"이상이다." 나는 숨을 내쉬고 걷기 시작했다. "밖에 나가면 경찰을 부르지. 진짜 경찰을. 모두 체포는 되겠지만 적어도 치료는 해줄 거다. 마피아와는 달리."

"기, 기다려." 경찰관이 굳은 목소리로 말했다. "당신은…… 어째서지? 당신 혼자라면 살아남을 수 있다고 말했었잖아. 내가 위협하려고 사용한 총이 쓸모없다는 것도 알았고. 당신은 혹시…… 나를, 우리를 구해준 건가? 어째서?!”

그에 대한 대답은 간단했다. 하지만 대답할 생각은 없었다. 대답한들 무슨 의미가 있을까. 나는 텅텅 비었다. 지쳤고, 부상을 입었고, 사람에게 배신당했고, 사람을 배신해 왔다.

“목이 마르군.” 나는 조용히 말했다. “난 돌아가마.”

상대가 무언가 말했지만 나는 듣지 않고 계속 걸어가며 그 자리를 떠났다.

♠ ♥ ◆ ♣

가스등의 불빛이 개찰구를 빠져나가는 사람들의 옆얼굴을 비췄다.

셀 수 있을 만큼 적은, 도시의 푸르른 별들이 막처럼 밤하늘에 흩어져 있었다.

역 주변에는 밤하늘과 야경 그리고 집으로 돌아가려고 걷는 과묵한 사람들뿐이었다. 그곳에는 폭발도, 총격도, 목숨을 둘러싼 흥정도 없다. 기계적으로 시작되어 기계적으로 끝나는 일상의 종막. 그러한 담담한 광경이었다.

다자이 오사무와 오다 사쿠노스케는 그 같은 역에 있었다. 별개의 장소에.

오다는 너무 기진맥진한 나머지 아픈 등을 감싸며 역을 떠나는 군중의 일부가 되어 걸었다.

다자이는 역 앞의 가로등에서 떨어진 어둠 속에서 오다의 모습을 어두운 밤과 하나가 되어 바라보았다.

역의 플랫폼을 걸어 개찰구 밖으로 나온 오다는 밤의 도시를 향해 발을 내디뎠다. 지하 벙커에서 빠져나온 후, 오다는 산을 넘어 근처의 마을로 걸어간 뒤 그곳에서 농가와 교섭하여 농업용 차량에 동승했다. 그리고 버스와 열차를 갈아타며 자신의 집과 가장 가까운 역으로 돌아왔다. 도착했을 때는 이미 어두워져 있었다.

오다는 자신의 어깨를 주무르거나 목을 뚜둑뚜둑 울리며 피로한 얼굴로 걸었다. 옷은 진흙투성이에 주름투성이여서, 스쳐 지나가는 사람들은 가끔 더러운 이물질을 보듯이 오다를 바라보았다. 그러나 말을 거는 사람은 아무도 없었다. 도시에서 그런 행동을 하는 사람은 없다.

오다는 역의 개찰구를 빠져나와 가로등 아래를 걸으면서 담배를 꺼내 입에 물었다. 그리고 겉옷을 이리저리 뒤졌다. 불을 찾고 있는 듯했다.

"여기요."

갑자기 등 뒤에서 목소리가 들려, 오다가 돌아보았다. 눈앞에 성냥불이 있었다. 그걸 쥐고 있는 손도.

오다는 잠시 어리둥절한 표정을 지었지만, 곧장 물고 있는 담배에 불을 붙였다. 눈을 감고 담배를 빨아들인 다음, 어두운 밤을 향해 내뱉고 상대를 바라보았다.

"안녕하세요. 당신, 굉장한 차림이네요. 괜찮으신가요?"

다자이였다.

어둠에 반쯤 녹아든 다자이는 지었는지 안 지었는지 모를 미소와 함께 조용히 서 있었다.

"……아무것도 아니야." 오다는 그렇게 말하고는 연기 너머의 상대를 바라보았다. "좀 넘어졌어."

"이 성냥, 당신 물건이죠? 개찰구에서 떨어뜨리는 걸 봤어요."

오다는 다자이가 가지고 있는 성냥갑을 살폈다. 측면이 검은색, 윗면이 흰색인 성냥갑으로 윗면에는 바의 이름이 각인되어 있었다. 진짜로 오다가 평소에 가지고 다니는 물건이다.

"그래." 오다는 성냥갑을 보면서 말했다.

그리고 상대를 관찰하고, 몇 초간 침묵하다 무표정하게 물었다.

"우리 어디서 만났던가?"

다자이는 아무런 개성이 없는 미소를 지었다. "아니요. 처음 아닐까요."

계속 얼굴 전체를 뒤덮어 감추고 있던 다자이의 붕대가 지금은 없었다. 눈을 가릴 만큼 깊숙이 쓴 헌팅캡이 머리와 눈을 감추었고, 검은 인버네스 코트가 체형과 몸의 상처를 가렸다. 목소리로 말하자면, 오다는 다자이가 말하는 목소리를 한 번도 들은 적이 없다.

"그런가." 하고 오다는 말했다. 그리고 성냥갑을 받아들고 다자이한테서 등을 돌렸다. "성냥 고맙다. 그럼, 좋은 밤 되길."

오다가 몇 걸음 걸어갔을 때, 등 뒤에서 다자이가 말을 걸었다.

"무척 성가신 일에 말려든 듯하군요."

오다가 걸음을 멈추고 천천히 돌아보았다. "뭐?"

"아니요. 많이 지쳐 보이시길래요. 안색이 심각해요. ……그리고 손과 옷 보세요. 어두워서 잘 보이진 않지만 진흙투성이에, 피도 묻어 있잖아요?"

오다는 자신의 양손을 살폈다. 정말로 쓰러진 경찰관을 일으켜 세우려고 했을 때 묻은 피가 아직도 손목과 옷자락에 남아 있었다.

"그래, 사정이 있어서." 오다는 손의 냄새를 맡으면서 말했다. "내 피는 아니야. 하지만 정말로 성가신 일에 말려들긴 했군. 소중한 걸 빼앗겼지. 계속 지켜왔던 물건이었는데."

"빼앗겼다면." 다자이는 힘없이 미소 지었다. "적어도 이제 빼앗길까 고심할 필요는 없죠."

오다는 잠시 상대를 응시했다. 거기서 무언가 대답을 찾으려는 듯이.

"그럴지도 모르지." 하고 오다는 말했다. "빼앗은 놈은 용서할 수 없다만."

다자이는 천천히 크게 고개를 끄덕였다. 표정을 감추려고.

오다는 상대의 표정을 잠시 관찰했지만 곧 등을 돌렸다.

"성냥, 주워줘서 고마워. 이만 가 보마."

걸어가는 등을 향해서 다자이는 빠르게 말했다. "만약 앞으로 곤란한 일이 있다면."

오다는 돌아보았다. "뭔데?"

"요코하마의 무장 탐정사를 의지하면 도움이 될 겁니다. 그곳이라면 성가신 일을 해결해 달라는 의뢰도 받아들일 테니까요. 일처리만큼은 철저한 곳이에요. 저도 예전에 신세를 진 적이 있고요."

"그런가." 오다는 조금 생각하듯 잠시 뜸을 들이다가 말했다. "좋아, 네 말대로 하마. 친절하기도 하군. 넌 착한 사람이구나?"

다자이의 표정이 일그러졌다.

더는 숨을 쉴 수 없다는 듯이 입을 열었다가 또 닫았다.

만약 지금 모두 다 말하면, 모두 다 원래대로 돌아가겠지. 두 사람은 함께 바에 가고, 건배를 하겠지. 그날 밤처럼.

"오다 사——."

다자이가 무심코 그 이름을 부르려고 했던 그때, 전철이 통과해 갔다.

구내를 통과하는 특급 열차가 밤의 정적을 가르며 다자이와 오다의 바로 옆을 빠져나갔다. 어둠과 빛이 교차하는 길 위를 두드리며, 강철 굉음이 주변의 정적을 날려 버렸다. 오다는 눈을 가늘게 떴다.

열차는 길었고, 그 소리는 길게 늘어진 슬픔을 연상케 했다. 다자이는 아무도 보지 못하게 고개를 숙이고 슬프게 표정을 일그러뜨렸다. 기나긴 굉음은 앞으로 6년이라는 기나긴 시간의 무정함을 약속하고 있는 듯했다.

열차가 끝까지 지나갔다.

오다는 상대의 말을 되물으려고 주변을 둘러보았다.

그곳에는 이미 아무도 없었다.

오다는 당황한 듯 눈을 깜빡이며 주변을 두리번거렸다.

그리고 머릿속의 생각을 지워 버리려는 듯이 고개를 젓더니, 포기했다는 표정을 지으며 그곳을 떠났다.

아무도 없는 그 공간을 차갑고 조용한 밤바람만이 허무를

메우듯이 지나갔다.

아무도, 아무런 말도 하지 않았다.

그림은 포트 마피아가 1년간 보관했다가 주인이었던 부호의 아들에게 돌려주었다.

아들은 몇 년간 그 그림을 소장한 후, 어떤 미술관에 익명으로 기부했다.

그렇게 해서 다자이는 목적을 달성했다. 오다와 접촉하지 않고, 얼굴을 알리지 않고, 오다한테서 그림이 있는 곳을 알아냈다. 그러면 오다는 다시는 범죄 조직의 표적이 되지 않는다. 그게 다자이의 목적이었다.

또 하나의 목적이 있었다.

오다가 포트 마피아를 혐오하도록 유도하는 것. 그러면 그는 포트 마피아에 가입하지 않고 언젠가 찾아올 죽음도 회피할 수 있다.

그의 목적은 달성되었다. 오다는 포트 마피아가 아니라 무장 탐정사와 인연을 맺었고, 그 2년 후에는 탐정사에 적을 두게 되었다.

그리고, 그 이후로 또다시 2년 후. 오다는 딱 한 번 더 다자이와 대면한다.

바의 카운터에서 슬픈 선율의 이별곡과 함께.

그곳에서 오다는 다자이에게 총을 겨눴고, 다자이는 마지막 작별 인사를 건넸다.

인생 최후의 작별 인사를.

〈다자이를 주운 날 Side-Beast〉 끝

문호
스트레이독스

다자이를 주운 날

후기

오랜만입니다. 아사기리 카프카입니다.

문호 스트레이독스, 즐겁게 읽으셨는지요.

이번 '다자이를 주운 날' 은 영화 '문호 스트레이독스 BEAST' (이하, 영화 'BEAST')의 개봉 1주째 관람객 특전인 「다자이를 주운 날 Side-A」, 개봉 2주째 관람객 특전인 「다자이를 주운 날 Side-B」를 한 권으로 정리한 책입니다.

관람객 특전을 이러한 형태로 간행하는 것은 원래 무척 어려운 일이라고 합니다. 하지만 먼저 간행된 빈즈 문고판 'BEAST' , '다자이, 추야 15세' 도 원래는 특전 소설이었으니, 그러한 흐름을 고려해 이번 '다자이를 주운 날' 도 문화 스트레이독스 시리즈의 작품 이념에 따라 관계 각처의 큰 도움을 받아 간행을 하게 되었습니다.

내용은 다자이와 오다 사쿠의 만남 이야기—— 죽고 싶어 하는 다자이가 마피아도 암살자도 아닌 오다 사쿠 곁으로 굴러 들어가게 되는 이야기입니다.

어째서 Side-A와 Side-B라는 두 종류의 이야기가 존재하는가? 그건 소설 본문을 확인해 주십시오. 이게 영화 'BEAST'의 특전이라는 걸 염두에 두신다면 내용을 더욱 이해하기 쉬우리라 생각합니다.

조금만 회고담을 이야기하고자 합니다.

이 이야기를 써 달라는 제안을 해주신 분은 사실 애니메이션 문호 스트레이독스의 이가라시 타쿠야 감독님입니다.

영화 'BEAST'가 개봉되기 얼마 전, 저는 고민했습니다. 또 극장 관람객 특전 소설 집필을 의뢰받았기 때문입니다. 또, 라는 표현을 사용한 이유는——조금 전에 적었듯이——원래 'BEAST' 자체가 예전에 개봉된 영화 '문호 스트레이독스 DEAD APPLE'의 관람객 특전 소설이기 때문입니다. 그때는 크게 고생하면서 집필했었습니다. 그도 그럴 것이, 50페이지짜리를 의뢰받았는데 190페이지를 집필하는 대폭주를 해버렸으니까요.

그런데 지난번의 대폭주를 겪으며 저는 배웠습니다. 결코 쓰고 싶은 내용을 마음껏 적어 내려가서는 안 된다. 정확히 의뢰만큼, 프로답게 이야기를 집필해야 한다.

프로답게, 적절한 이야기.

그게 뭐지?

그로 인해 저의 붓은 딱 멈춰 버리고 말았습니다. 저는 멈춰 서서 주변을 둘러보며 어쩌면 좋을지 갈피를 잡지 못했습니다.

적절한 이야기가 뭘까?

소설을 쓰는 행위란, 그 이외의 매체── 만화 원작이나 애니메이션 각본이나 게임 시나리오를 쓰는 작업과는 상당히 성격이 다릅니다. 사실상 별개의 물건이라고 해도 과언이 아닙니다. 소설 집필은 사건을 이야기해 나가는 작업이라기보다는 감정의 흐름을 구체적인 문장으로 표현하는 작업입니다. 문자를 이어가며 리듬을 만들고, 흐름을 만들고, 감정을 만들어 나가니, 굳이 따지자면 작화(作話)라기보다는 작곡(作曲)에 가까운 작업일지도 모릅니다.

그러니까 먼저 무엇보다도 처음에는 '어떤 감정이 이 소설에 실리는가' 를 결정하지 않아선 절대로 글을 쓸 수 없습니다. 그게 유일한 절대적인 규칙입니다.

그런데 여기서 '적절한 이야기' 라는 조건이 저를 짓눌렀습니다.

적절한 분량의, 특전에 걸맞은 적절한 내용의, 적절한 소설.

즉── 적절한 감정.

저는 머릿속의 서랍을 찾아봤습니다. 묘사되길 기다리는 적절한 감정.

하지만 그곳에는 공허가 있을 뿐이었습니다.

이야기를 만드는 프로란 독자의 감정을 움직이는 기술을 지닌 사람을 말합니다. 사람은 자신의 감정을 움직일 수 있는 기회를 발견하면 기꺼이 돈을 지불합니다. 인간이란 원래 그런 생물입니다.

그렇기에 작가는 공포, 설렘, 감동, 고찰──등의 온갖 감정을 제조해 판매합니다. 그런 작업입니다.

그런데 저는 전진할 수 없어졌습니다.

감정이 움직여야 좋은 이야기. 그건 잘 압니다. 그렇다면 어떤 감정을 실으면 적절한 이야기가 되는 걸까?

그 감정을 어떻게 찾으면 되지?

대체 지금까지는 어떻게 소설을 썼더라?

저는 멍하니 그 자리에 가만히 멈춰 서고 말았습니다. 다리가 굳고, 무릎이 움직이지 않아 앞으로 나아갈 수 없었습니다.

하다못해 앞으로 나아가는 시늉이라도 해보려고 음악을 들으면서 밤에 근처를 산책해 보기도 했습니다. 그러나 밤바람이 시원하고 좋을 뿐, 써야 할 이야기에는 전혀 도달하지 못했습니다.

만약 이대로 아무 데도 도착하지 못한다면 어쩌지?

등에 서늘한 무언가가 내리꽂힌 듯한 기분에 빠져들었습니다.

그리고 깨달았습니다. 이야기란, 또는 감정이란 내가 적절한 대상을 찾거나 궁리해 내야 하는 그런 성질의 것이 아니란 사실을.

그들이 나를 찾아오기를 끈기 있게 기다릴 수밖에 없습니다. 겸손하게, 진지하게, 이야기가 찾아오길 반듯한 자세로 계속 기다릴 수밖에 없는 겁니다.

그런 사실을 깨달았지만 '50페이지의 적절한 이야기' 는 좀처럼 저를 찾아와 주지 않았습니다.

이윽고 일주일이 지나고, 2주일이 지났습니다.

저는 이야기가 찾아오길 마음의 문을 열고 기다리면서 다른 작업을 완수해 나가고 있었습니다.

그러던 어느 날, 저는 원격으로 애니메이션 스태프 여러분과 회의를 하게 되었습니다. 그때 이가라시 감독님에게 별생각 없이 질문했습니다. "혹시 보고 싶은 이야기 없으신가요?" 하고.

감독님은 조금 생각하시더니 대답했습니다. "다자이와 오다 사쿠가 만나는 이야기를 보고 싶네요." 하고.

그 순간, 문이 벌컥 열리며 이야기가 돌진해 들어왔습니다. 그 소리를 확실히 들을 수 있었습니다.

두 개의 이야기. 오다 사쿠와 두 사람의 다자이. 만난 이야기와 만나지 못한 이야기. 획득한 이야기와 상실한 이야기. 만약 획득과 상실의 이야기를 병행해서 그릴 수 있다면, 그 마음의 진폭은 두 배가 되어 우리 앞에 나타나겠지.

그 이후로는 일사천리였습니다. 돌진했습니다—— 더 정확히는 누군가가 제 손을 잡고 이끌며 앞으로 나아가는 듯한 감각이었습니다. 그리고 어느새 이야기는 완성되어 있었습니다.

저는 뼈저리게 깨달았습니다.

작가가 이야기를 찾는 것이 아닙니다. 이야기가 작가를 선택해 어떠한 타이밍에 저를 찾아오는 겁니다. 프로 작가란 그러한 목소리를 포착하는 힘을 지니고 있는 사람에 지나지 않습니다.

그리고 이게 제일 중요한 일인데—— '적절한' 감정이란, 그 어디에도 존재하지 않습니다. 타인의 감정이란 결국에는 타인의 감정일 뿐이니까요. 따라서 소설이 타인의 마음을 적절하게 움직이리란 보장은 그 어디에도 없습니다. 그러나 자신의 감정을 움직일 수는 있습니다. 어떠한 소설이 어떻게 자신의 감정을 흔드는지는 잘 압니다. 그렇다면 그걸 써 내려가면 됩니다. 그렇게 하는 수밖에 없습니다. 그게 진정한 의미의 프로의 태도 아닐까, 그런 생각을 했습니다.

각설하고.

조금 이야기가 일탈하게 되지만, '이야기가 찾아온다' 라고 하니—— 오다 사쿠의 1인칭 이야기에 관해서.

오다 사쿠는 특수한 캐릭터입니다. 만화 본편에서는 그

를 묘사한 적이 없으니, 저에게는 오로지 소설 속에만 등장하는 캐릭터입니다. 그가 화자로 등장하는 작품은 첫 등장인 「다자이 오사무와 암흑시대」, 「BEAST」 그리고 이 「다자이를 주운 날」. 모두 소설입니다. 그래서 제 마음속에서 오다 사쿠는 그림이 아니라 1인칭으로 말하는 문장 속에 살고 있습니다.

그는 상당히 까다로운 남자로 장소를 준비해 주고 "자, 말해라."라고 해도 쉽게 말을 하지 않습니다. 그의 사고방식은 무척 독특해서, 다른 캐릭터의 1인칭을 묘사한 뒤 그의 이야기를 집필하려고 하면 반드시 차질이 생기고 맙니다. 오다 사쿠는 말하지 않고 그냥 묵묵히 앉아 있을 뿐이니, 저는 새하얀 원고용지를 앞에 두고 계속 "왜 그래?", "자, 어서." 하고 말을 거는 수밖에 없습니다. 그러나 그는 필요 없을 때는 아무것도 말하지 않는 남자입니다. 어떤 때는 며칠, 몇 주간이나 침묵을 유지한 채 등장하지 않기도 합니다. 왜 이런 캐릭터가 내 곁으로 찾아온 것일까…….

그럴 때 제가 할 수 있는 일은 하나뿐입니다. 그거야 물론 그와 함께 참을성 있게 앉아서 계속 기다리는 겁니다.

그러면 이윽고 그가 말을 하기 시작합니다. 독특한 리듬으로 한마디씩. 그리고 그의 말에는 어떠한 각도로 세계를 잘라 내는 힘이 있습니다. 그 독특한 단면도는 보통은 보기 힘든 각도뿐으로, 항상 저를 놀라게 합니다.

그리고 이야기를 마치면 그는 훌쩍 떠나갑니다. 어딘가 어둡고 조용한 장소로—— 이건 상상에 불과하지만 바(BAR) 같은 장소로 가지 않을까요. 그리고 조용히 앉아 자신의 시간을 혼자서 독점합니다. 그렇게 되면 또 다음에 불러내기가 무척 힘듭니다. 저로서는 곤란하기 짝이 없는 남자지만 결국 그게 바로 오다 사쿠라는 남자이며, 자랑스럽게 말하자면 오다 사쿠란 남자의 매력입니다.

말씀드린 바와 같이 이번 이야기는 그렇게 집필되었습니다. 어쩌면 그가 또다시 돌아오게 되는 일도 있을지 모릅니다. 그때가 오면 저는 또 참을성 있게 그의 목소리에 귀를 기울일 생각입니다.

이 이야기를 집필하고 문고판으로 발매하기 위해 많은 분들이 노력해 주셨습니다. 영화 '문호 스트레이독스 BEAST' 제작위원회 여러분, 애니메이션 스태프 여러분, 그리고 영에이스 편집부, 빈즈 문고 편집부, 서적 간행에 참여해 주신 많은 분들. 정말로 감사합니다. 여러분 덕분에 이번에도 별 탈 없이 책을 간행할 수 있었습니다.
그러면 다음 이야기로 찾아뵙겠습니다.
아사기리 카프카였습니다.

Special Thanks
영화 「문호 스트레이독스 BEAST」 제작위원회

이 책은 2022년 개봉된 실사 영화 「문호 스트레이독스 BEAST」 개봉 제1주 관람객 특전 「다자이를 주운 날 Side-A」 및 공개 제2주 관람객 특전 「다자이를 주운 날 Side-B」를 가필 수정한 내용을 수록하였습니다.

문호 스트레이독스
다자이 오사무를 주운 날

2025년 09월 25일 제1판 인쇄
2025년 10월 01일 제1쇄 발행

지음 아사기리 카프카
일러스트 하루카와 산고

제작 · 편집 노블엔진 편집부

발행 데이즈엔터(주)
등록번호 제 2023-000035호
주소 07551 서울특별시 강서구 양천로 570 NH서울타워 19층
대표전화 02-2013-5665

ISBN 979-11-380-6236-7
ISBN 979-11-380-6055-4 (세트)

BUNGO STRAY DOGS Vol.8 DAZAI O HIROTTAHI